Andreas Schlüter

Heiße Spur aus Afrika

Andreas Schlüter, geboren 1958, ist einer der erfolgreichsten Jugendbuchautoren der letzten Jahre. Gleich sein erstes Buch ›Level 4 – Stadt der Kinder‹, wurde ein großer Erfolg, dieser und weitere Computerkrimis aus der Reihe ›Level 4‹ sind bei dtv junior im Taschenbuch lieferbar und aus dem Programm inzwischen nicht mehr wegzudenken. Neue Abenteuer von Marion und dem sprechenden Chamäleon Kambu finden sich in ›Heiße Spur in die Manege‹, dtv junior 71198 und ›Heiße Spur auf leisen Sohlen‹, dtv junior 71274. Zusätzliche Informationen über Andreas Schlüter und seine Bücher unter www.aschlueter.de
Weitere Titel von Andreas Schlüter bei dtv junior siehe unter: www.dtvjunior.de

Andreas Schlüter

Heiße Spur aus Afrika

Mit Zeichnungen von Karoline Kehr

Deutscher Taschenbuch Verlag

Zu diesem Band gibt es ein Unterrichtsmodell, enthalten in LESEN IN DER SCHULE (Kinderbücher in der Grundschule), unter der Bestellnummer 8115 durch den Buchhandel oder den Verlag zu beziehen.

Ungekürzte Ausgabe
In neuer Rechtschreibung
10. Auflage März 2008
1997 Deutscher Taschenbuch Verlag GmbH & Co. KG, München
www.dtvjunior.de

Umschlagkonzept: Balk & Brumshagen
Umschlagbild: Karoline Kehr
Gesetzt aus der Bembo 11/13'
Gesamtherstellung: Kösel, Krugzell
Printed in Germany · ISBN 978-3-423-70430-4

Ein sonniger Tag in Afrika

Es war heiß. Entsetzlich heiß. Kambu war einiges gewöhnt und er mochte es, wenn es heiß war. Aber diese Hitze war selbst Kambu zu viel. Mindestens 45 Grad im Schatten. Kambu lag regungslos in einem Baum. Nur seine Augen bewegten sich hin und wieder um sich nach Futter umzusehen. Er hatte Hunger. Eigentlich bräuchte er nur ganz ruhig im Baum zu liegen, auf Beute zu warten und im richtigen Moment zuzuschnappen. So machten es alle seine Geschwister. Doch Kambu war anders.

Ein Schmetterling flog an Kambus Kopf vorbei. Seine dunkelblauen Flügel glänzten im Sonnenlicht wie Seide und die gelben, roten und grünen Ringe darauf erinnerten Kambu an einen Regenbogen. Ausgelassen flatterte der Schmetterling durch die dürren Äste des Baumes, schlug einige Haken, ließ sich mal hinabstürzen um dann wieder in den Himmel aufzusteigen. Ein appetitlicher Happen! Aber Kambu machte nicht einmal den Versuch nach dem Schmetterling zu schnappen. Er mochte keine Insekten. Stattdessen sah er verträumt dem kleinen Flattermann bei seinen vergnüglichen Flugübungen zu.

Zisch, zack, zisch, machte es in diesem Augenblick. Und genüsslich schmatzte Edno, Kambus älterer Bruder (er war fünf Minuten eher aus dem Ei geschlüpft), vor sich hin. Wie einen sausenden Pfeil hatte Edno seine 30 Zentimeter lange Zunge

treffsicher hervorschnellen lassen, mit der Zungenspitze den wunderschönen Schmetterling ergriffen und ihn ebenso blitzartig in seinen Schlund gezogen und verschlungen.

»Du hast ihn gefressen!«, empörte sich Kambu, indem er laut fauchte.

»Natürlich habe ich das«, antwortete Edno ruhig und rülpste laut. »Wir Chamäleons fressen eben Insekten!«

Oft genug hatte auch Kambu versucht Insekten oder Spinnen zu fressen, weil er wie seine Geschwister ein richtiges Chamäleon sein wollte. Aber er konnte es nicht. Denn Kambu hatte von Geburt an eine besondere Gabe: Er verstand die Sprache aller Tiere und Menschen!

Er erinnerte sich noch gut, als er das erste Mal versuchte eine Heuschrecke zu schnappen. Kurz bevor Kambu seine Zunge herausschießen lassen wollte, begann die Heuschrecke zu sprechen.

»Ich komme gleich wieder«, sagte die Heuschrecke zu ihren Kindern. »Und dann spielen wir Wetthüpfen, abgemacht?«

Ein großes Freudengezirpe drang durch das Gras. Die kleinen Heuschreckenkinder freuten sich so sehr auf das Spiel, dass Kambu es einfach nicht übers Herz brachte, den Heuschreckenpapa zu fressen.

So erging es ihm immer. Stets hörte er die Insekten reden: von ihren Plänen, ihren Wünschen, ihren Sorgen. Er hörte, wie liebevoll sich Insekten um ihre Familien kümmerten. Oder wie sehr sie sich freuten, wenn sie wieder heil daheim ankamen. Deshalb war Kambu zum Pflanzenfresser geworden.

Aber das war noch längst nicht alles. Erschwerend kam hinzu, dass in der afrikanischen Steppe, wo Kambu wohnte, niemals nur ein einziges Tier sprach, sondern es plapperten, schnarrten und schnurrten immer viele Tiere gleichzeitig drauflos. Und Kambu bekam alles mit.

Flog ein Moskito vorbei, verstand Kambu sofort, was die kleine Mücke vor sich hin summte. Gleichzeitig krächzte hinter ihm ein Papagei und auch den verstand Kambu, weil seine Sprache wie von selbst umschaltete. Wenn dann noch ein Elefant trötete, ein Löwe brüllte, eine Giraffe grunzte und eine Schlange zischte, dann war das schon sehr verwirrend in all diesen Sprachen hin und her zu springen. Aber Kambu hatte sich mit der Zeit daran gewöhnt, schließlich übte er diese Sprachverwandlungen seit seiner Geburt.

Und doch war Kambu über seine Begabung nicht glücklich. Denn dafür fehlte ihm eine andere, besondere Fähigkeit der Chamäleons. Kambu konnte seine Hautfarbe nicht wechseln wie seine Eltern, seine Geschwister und alle Chamäleons der Welt. Das ist wirklich sehr schlimm, denn die Änderung der Hautfarbe gehört bei ihnen zur Sprache.

Bei Menschen ist es ganz ähnlich. Menschen bekommen rote Ohren, wenn ihnen etwas peinlich ist, oder sie werden blass, wenn sie sich nicht wohl fühlen. Manchmal läuft vor Wut auch der Kopf rot an. Ebenso zeigen auch Chamäleons, in welcher Stimmung sie sich gerade befinden. Bei ihnen aber nimmt die Haut des ganzen Körpers eine andere Farbe an.

So auch bei Edno. Kaum hatte er den Schmetterling verschlungen, hatte er einen Moskito im Visier. Doch Krijala, die jüngere Schwester, war schneller. Schwupp! Weg war der Moskito. Krijala schmatzte vergnügt. Edno aber hatte sich schwarz geärgert – schwarz mit gelben Punkten.

Nur Kambu blieb grün wie immer, obwohl er sehr erbost war, dass Edno den Schmetterling gefressen hatte.

»Der Schmetterling war noch ganz jung«, machte er nun mit heftigen Körperbewegungen seinem gefräßigen Bruder Vorhaltungen.

Edno sah Kambu verständnislos an. »Welcher Schmetterling?«, fragte er.

Das darf doch nicht wahr sein!, dachte Kambu. Kaum zwei Minuten war es her, dass sein dicker Bruder den Schmetterling vertilgt hatte. »Ich meine den Schmetterling, den du gerade gefressen hast«, erinnerte Kambu seinen vergesslichen Bruder. »Es war sein erster Flug. Er war so stolz, wie toll er fliegen konnte, und schrie es in die Welt hinaus. Und du hast ihn einfach gefressen!«

»Was soll ich denn sonst fressen?«, fragte Edno. »Gras vielleicht oder Blätter? Ich bin doch keine Giraffe!«

Kaum hatte Edno das ausgesprochen, erhob sich lautes Gelächter. Tumba und Deron, die beiden fetten Chamäleons aus der Nachbarschaft, hatten alles mit angehört und kugelten sich vor Lachen.

»Kambu, die Giraffe!«, grölten sie.

»Zeig mal deinen langen Hals!«

»Kannst du auch so eine schöne Schnute machen wie die Langhälse?« Deron verrenkte sein Gesicht um eine Giraffe nachzuahmen und das endete wieder in lautem Gekicher.

Kambu war zum Weinen zu Mute. Immer, wenn er Mitleid mit seiner Beute bekam, wurde er von den anderen Chamäleons ausgelacht.

Trotz der großen Hitze erhob Kambu sich und kletterte traurig vom Baum hinunter um seine Ruhe zu haben. Außerdem wurde sein Hunger immer größer. Er musste sich unbedingt etwas zum Fressen besorgen.

Langsam schlich Kambu über den heißen Boden durch das vertrocknete Gras der afrikanischen Steppe. Er wusste genau, wo er sich am bequemsten den Bauch voll schlagen konnte. Nur ein kleines Stück weiter befand sich eine kleine Bananenplantage. Die fleischigen grünen Bananenpflanzen wurden mit großer Mühe von den Menschen künstlich bewässert. Das bedeutete, dass selbst in dieser unerträglichen Hitze Bananenpflanzen wuchsen und nur darauf warteten, von Kambu genüsslich verspeist zu werden.

»Hallo, Kambu!«, piepste es aus dem trockenen Gras heraus. Kambu blieb stehen und sah nach links und rechts. Gleichzeitig. Diese Fähigkeit der Chamäleons beherrschte auch Kambu. Die großen Glubschaugen können getrennt voneinander bewegt werden.

»Hey, Kambu!«, rief es wieder aus dem Gras.

Kambu sah nach vorn und sah nach hinten. Endlich erblickte er hinter sich Klick-Klack, die Heuschrecke.

»Wie geht es dir, Kambu?«, fragte Klick-Klack.

»Ach, schlecht«, jammerte Kambu. »Die anderen machen sich schon wieder darüber lustig, dass ich euch nicht fresse.«

»Die anderen?« Klick-Klack sprang erschrocken auf. Sie schnellte mit einem Satz in die Höhe und flog einige Meter weit. Dabei wurde unter ihren Hinterflügeln plötzlich eine leuchtend gelbe Farbe sichtbar. *Schon wieder der alte Trick,* dachte Kambu. Klick-Klacks Flügel erzeugten nun ein lautes, klickendes Geräusch. Wegen dieses Geräusches heißt die Heuschrecke eigentlich ›gastrimorgus musicus‹, aber Kambu und alle anderen Tiere fanden, mit Musik hatte dieses Geräusch wenig zu tun, und deshalb hieß es bei allen einfach Klick-Klack.

Dann folgte das Erstaunliche: Ganz plötzlich legte Klick-Klack ihre Flügel an, ließ sich zu Boden fallen und war spurlos verschwunden.

Durch das Geräusch und die nur kurz aufblitzende helle Farbe wurden die Angreifer zu sehr abgelenkt um zu erkennen, wohin Klick-Klack eigentlich verschwand. Die saß dann nur wenige Meter weit entfernt im Gras, mit ebensolchem Grün getarnt, und verhielt sich so lange still, bis der Angreifer ärgerlich verschwand.

»Klick-Klack, du kannst rauskommen. Die anderen sind dahinten im Baum«, rief Kambu ins Gras hinein.

Von einer ganz anderen Stelle, als Kambu vermutet hatte, kam die Antwort: »Ich dachte schon, die gefräßigen Fettklopse wären auch hier. Erst heute Morgen hat Tumba meine Schwester aufgefressen!«

»Das tut mir Leid«, sagte Kambu.

Klick-Klack kam aus den Gräsern wieder zum Vorschein.

»Weißt du«, sprach Kambu weiter und war froh jemanden gefunden zu haben, mit dem er reden konnte, »manchmal glaube ich, ich gehöre gar nicht hierher. Niemand nimmt mich ernst. Alle lachen über mich.«

»Ich nicht«, beteuerte Klick-Klack.

»Doch, du auch!«, behauptete Kambu. »Sieh doch mal: Du bist eigentlich mein Abendbrot. Stattdessen hockst du hier gemütlich in der Sonne und plauderst mit mir. Hast du schon mal jemanden gesehen, der mit seinem Abendessen redet?«

»Ich finde es sehr gut, dass du uns nicht frisst«, widersprach Klick-Klack.

»Aber ich nicht«, beharrte Kambu. »Schließlich bin ich ein Chamäleon.«

Klick-Klack wich vorsichtshalber einige Schritte zurück.

»Aber ich kann nicht«, fuhr Kambu fort, »ich kann niemanden fressen, mit dem ich vorher gesprochen habe.«

Klick-Klack kratzte sich mit ihrem Hinterbein nachdenklich unterm Flügel.

»Aber wo willst du denn sonst hin?«, fragte sie Kambu schließlich. »Du bist hier geboren. Hier gehörst du hin.«

»Ich weiß nicht«, murmelte Kambu.

»Hallo, Glubschauge!« Eine große, schwarze Spinne kam

herangekrabbelt, eigentlich eine der Lieblingsspeisen von Chamäleons. Aber vor Kambu hatte sie keine Angst. In der ganzen Gegend war bekannt, dass Kambu keine Tiere fraß.

»Sehr witzig!«, bemerkte er kurz zur Anrede der Spinne.

»Oha, so empfindlich heute?«, fragte die Spinne fröhlich.

»Was sagt sie?«, wollte Klick-Klack wissen.

Kambu erklärte es ihr.

Das kam zu allem hinzu. Statt dass die Insekten sich respektvoll vor ihm, dem Chamäleon, zurückziehen würden, musste er für diese unzähligen kleinen Geschöpfe auch noch den Dolmetscher spielen.

»Ach so, dicke Luft!«, stellte die Spinne fest. »Ich wollte euch nur was Lustiges zeigen« und wies mit zweien ihrer acht Beine hinüber zur Bananenplantage.

Kambu und Klick-Klack folgten mit ihren Blicken der angezeigten Richtung.

»Huch, was ist das denn?«, juchzte Klick-Klack. »Der hat ja überhaupt keine Farbe!«

Kambu schaute sie mit dem rechten Auge vorwurfsvoll an. Hatte er denn immer die richtige Farbe? Klick-Klack verstand.

»Das ging nicht gegen dich«, entschuldigte sie sich. »Aber du musst zugeben, der da sieht wirklich komisch aus.«

Kambu lächelte. »Stimmt«, gab er zu. »Bleich wie Wüstensand. So etwas habe ich noch nie gesehen.«

»Das ist doch wirklich lustig«, fiel die Spinne ein.

Da wollten sich alle diese merkwürdige Gestalt näher anschauen. Die Spinne krabbelte voraus. Kambu schlich mit seinen langsamen Bewegungen hinterher. Klick-Klack begleitete ihn. Am Rande der Plantage kletterten die drei auf einen Baum. Von hier aus hatten sie einen hervorragenden Blick auf die Gestalt, die nur wenige Meter entfernt stand.

»Was ist das?«, wollte Klick-Klack wissen.

»Das könnte ein Mensch sein«, meinte die Spinne.

»Das ist auch einer«, bestätigte Kambu, der den Mann schon an der Sprache als Menschen erkannte.

»Das ist doch kein Mensch, so weiß, wie der ist«, mischte sich Klick-Klack ein.

Kambu, die Spinne und Klick-Klack starrten auf den Mann in der Bananenplantage. Solch einen komischen Menschen hatten sie wirklich noch nie gesehen. Seine Haare waren nicht wie üblich schwarz, sondern so hell wie eine Ananas von innen. Seine Haut leuchtete weiß in der grellen Sonne, als hätte ihn jemand mit Getreidemehl gepudert. Auf der Nase hatte er eine dunkle Brille und trotz der unerträglichen Hitze trug der Mann eine Hose, die bis zu den Kniekehlen reichte. Darunter kamen zwei Beine zum Vorschein, die noch blasser waren als seine Arme und das Gesicht. Dazu hatte er ein Hemd an, das fast bis obenhin zugeknöpft war und unglaublich viele Taschen hatte. Über die Füße waren dicke, schwere Schuhe gestülpt. Waren das überhaupt Schuhe? Sie reichten hoch bis über die Knöchel, waren fest zugeschnürt und hatten dicke Sohlen.

Alle Augenblicke zog der Mann ein großes Tuch aus seiner Hosentasche und wischte sich den Schweiß von der Stirn. Um ihn herum standen einige andere Menschen. Ganz normale, mit schwarzen Haaren, dunkelbrauner Haut, nacktem Oberkörper, kurzen Shorts und leichten Sandalen aus Bast, so wie es für die Hitze angemessen war. Sie unterhielten sich ganz selbstverständlich mit dem Weißen und keiner staunte oder lachte über ihn.

»Welch armselige Missgeburt!«, fand die Spinne. »Wenn der Blasse in den weißen Sand fällt, ist er unsichtbar.«

»Ein Mensch ohne Farbe«, sagte Kambu mit trauriger Stimme. »Ich weiß, wie der sich fühlt.«

Nachdenklich kratzte die Spinne sich mit einem Bein am Kopf. Zwar sah Kambu in seinem hübschen Grün längst nicht so hässlich aus wie der weiße Mann, aber der Geburtsfehler war wohl der gleiche. Ein Chamäleon – so blass wie der weiße Mensch.

Verlegen räusperte sich die Spinne. »Tja«, stammelte sie. »Ich muss dann auch mal wieder.« Und krabbelte fort.

»Ich möchte wissen, wo der herkommt«, überlegte Klick-Klack und meinte damit den weißen Mann.

»Sie reden über eine Bananenlieferung«, erklärte Kambu. »Sie soll nach Teuchland, oder so ähnlich.«

»Teuchland?«, fragte Klick-Klack ungläubig nach.

»Pst!«, machte Kambu. »Sie reden gerade wieder darüber.«

Aufmerksam verfolgte Kambu die Lippenbewegungen des Mannes.

Chamäleons haben schlechte Ohren. Man könnte sagen, sie sind regelrecht schwerhörig. Das .ist auch nicht weiter schlimm. Denn in der Chamäleonsprache kommt es auf die Hautfärbung, die Bewegungen des Körpers und des Kopfes an. Auch bei den anderen Tiersprachen sind vor allem die Gebärden – also die Körperbewegungen – wichtig. Bei den Menschen ist die Verständigung schon erheblich schwieriger. Aber Kambu begriff, was sie sagten. Er achtete dazu auf ihre Gestik und Mimik. Und er las ihnen von den Lippen ab. Er wusste auch nicht, wie das funktionierte. Er konnte es eben, von Geburt an.

Die Männer redeten weiter. Jetzt hatte Kambu es deutlich verstanden. »Es geht um eine Bananenlieferung nach Deutschland«, sagte Kambu.

Klick-Klack hob fragend die Flügel. »Was um alles in der Welt ist Deutschland?«

»Keine Ahnung!«, antwortete Kambu.

»Land ist ja klar, das ist das Gegenteil von Wasser«, grübelte Klick-Klack. »Aber Deutsch?«

»Klingt wie irgendetwas Zerquetschtes«, fand Kambu. »Wo dieses Deutschland wohl liegt?«

Ein Regentag in Deutschland

Marion schnürte die Bänder ihrer Kapuze eng unter dem Kinn zu. Sie holte noch einmal tief Luft, öffnete die Haustür und machte einen mutigen Schritt nach draußen. Ein tosender Wasserfall stürzte über Marions Kopf zusammen. So kam es ihr jedenfalls vor. Ein Platzregen, wie sie ihn seit langer Zeit nicht mehr gesehen hatte, verwandelte die Straßen in Bäche und die Wiese vor der Haustür in ein abenteuerliches Sumpfgebiet.

Aber Marion hatte keine Zeit mehr den Regen abzuwarten. Sie musste zur Schule und war schon spät dran. Zum Glück war die Schule nicht allzu weit entfernt, und wenn sie erst einmal die Baumallee erreicht hatte, würde sie zum Teil durch die dichten, grünen Baumkronen geschützt sein.

»Oh Gott, oh Gott! Welch mieses Wetter!«, jammerte Marions Oma.

Seit einer Woche wohnte Marion bei ihrer Großmutter, weil ihre Mutter auf Geschäftsreise war. Ihren Vater kannte sie nicht.

»Du kommst ja vollkommen durchnässt in der Schule an. Willst du nicht doch einen Augenblick warten, bis der Schauer vorbei ist?«, fragte ihre Oma.

Marion winkte ab. Doch sie sagte nichts, denn Marion war stumm. Durch einen Geburtsfehler hatte sie nie Sprechen gelernt und würde es auch nie lernen können. Deswegen war Marion auch zunächst in eine Sonderschule gegangen. Aber alle ihre Freunde aus der Nachbarschaft und damals aus dem Schulkindergarten gingen zur normalen Schule. Immer wieder hatte Marion darum gebettelt, auch in die normale Schule gehen zu dürfen, wo die Kinder lernten, die sie schon lange kannte und mit denen sie auf der Straße spielte. Jahrelang musste Marions Mutter mit den Lehrern und Behörden kämpfen. Dann hatte sie es endlich geschafft. Und seit einem Monat ging Marion nun in die Klasse 5a der Gesamtschule des Stadtteils.

Marion raste durch den prasselnden Regen. Mit den Gummistiefeln platschte sie durch die Pfützen, dass es nur so spritzte. Das Wasser peitschte ihr ins Gesicht und tropfte von der Nase übers Kinn in den Kragen des Anoraks. Marion beugte den Kopf noch weiter vor um das Gesicht besser gegen den ihr entgegenschlagenden Regen zu schützen. Es half nur wenig.

Triefend kam Marion in der Schule an. Schnell zog sie den plitschnassen Anorak aus und wollte ihn im Flur vor dem Klassenraum an die Garderobe hängen. Vor ihr stand Oliver, der auch gerade seine Regenjacke aufhängte. Er merkte nicht, dass Marion hinter ihm stand, drehte sich um und trat ihr dabei auf den Fuß. Marion verzog das Gesicht vor Schmerz und schubste Oliver beiseite.

»Mensch, blöde Ziege«, schnauzte Oliver los. »Kannst du nicht Bescheid sagen, wenn du hinter mir stehst?«

Marion funkelte Oliver zornig mit den Augen an. Er wusste ganz genau, dass sie nicht sprechen konnte. Und er ließ keine Gelegenheit aus mit bösen Bemerkungen darauf hinzuweisen. Oft machte er sich darüber lustig. So wie jetzt.

»Oder hat dir der Regen die Sprache verschlagen?«, lachte er boshaft.

Marion streckte ihm die Zunge raus.

»Ach«, stichelte Oliver weiter. »Eine Zunge hast du. Aber sprechen kannst du nicht.«

Dieser gemeine Kerl, dachte Marion. Sie machte einen kleinen Bogen um Oliver und hängte endlich ihre nasse Jacke an den Haken. Aber für Oliver war es noch nicht genug. Blitzartig sprang er von hinten an Marion heran, griff nach ihrer Hosentasche und – schwuppdiwupp – hatte er ihr Portemonnaie aus der Tasche gezogen.

»Was haben wir denn da?«, rief Oliver mit einem boshaften Grinsen.

Marion blickte entnervt zur Decke. *Immer wieder dieses Spielchen!,* dachte sie.

Aus irgendeinem eigenartigen Grund fand Oliver es ungeheuer witzig, Marion die Geldbörse zu stibitzen um sie dann irgendwo im Klassenzimmer zu verstecken oder sie ganz einfach zu behalten und erst viele Stunden später wieder herauszurücken. Mindestens zweimal pro Woche erlaubte er sich diesen dämlichen Scherz. Am liebsten hatte er es, wenn Marion stumm, aber wild gestikulierend hinter ihm herlief um das Portemonnaie wiederzubekommen. Aber den Gefallen tat Marion ihm schon lange nicht mehr.

Du kannst mich mal kreuzweise, dachte sie, machte Oliver gegenüber eine freche Bemerkung in der Zeichensprache, die dieser nicht verstand, und setzte sich seelenruhig auf ihren Platz.

Oliver ging grinsend hinter ihr her in den Klassenraum. »Na, willst du deine Geldbörse nicht wiederhaben?«, versuchte er Marion zu provozieren und wedelte triumphierend mit dem Portemonnaie.

Marion machte keine Anstalten sich zu bewegen. Sie sah Oliver kühl ins Gesicht.

Oliver versuchte Marion aus der Reserve zu locken. »Na, dann wollen wir doch mal sehen, wie viel Geld du so mit dir herumträgst«, feixte er.

Während er Marion mit funkelnden Augen ansah, öffnete er das Portemonnaie und griff hinein. Es folgte ein greller Schrei. Die Geldbörse flog in hohem Bogen durch die Klasse. Oliver schüttelte angeekelt seine Hand und schrie: »Ihhh, was war das denn?«

Marion stand ruhig auf, griff nach dem Portemonnaie am Fußboden, zog einen glibberigen, grünen Schleimi aus dem Geldfach und streckte ihn frech grinsend Oliver entgegen.

»Du musst dir nicht einbilden, dass ich auf dich nicht vorbereitet bin, Blödmann!«, sagte sie stumm zu Oliver.

Es machte ihr in diesem Moment nichts aus, dass Oliver ihre Lippenbewegungen nicht verstand. Zufrieden setzte sich Marion wieder auf ihren Platz, steckte den Schleimi in die Schultasche und ihr Geld aus der Hosentasche zurück in die Geldbörse.

Rot vor Wut stapfte Oliver auf seinen Platz.

Gewonnen!, resümierte Marion für sich. *Dieses Mal! Aber das nächste Mal?*

Sich in der Schule der sprechenden Kinder zu behaupten fiel Marion schwerer, als sie es sich vorgestellt hatte. Immer wieder passierte es, dass einige Kinder sie hänselten, weil sie stumm war. Oft stand sie außen vor, weil keines der Kinder sich die Mühe machte Marion zu verstehen.

Besonders schlimm war es beim Ballspielen im Sportunterricht oder in der Pause. Während die anderen Kinder umherschrien und sich so als Anspielpartner zu erkennen gaben, bekam Marion fast nie den Ball. Sie konnte den anderen im Spiel eben nicht zurufen. Also wurde sie übergangen.

Ebenso war es bei dem täglichen Klatsch und Tratsch in der Schulklasse. Die besten Geschichten bekam sie nicht mit, weil es den sprechenden Kindern zu anstrengend war, Marion ins Gespräch einzubeziehen.

Nur bei Claudia und Petra war es anders, den Zwillingen aus der Nachbarschaft, mit denen Marion von klein auf befreundet war. Aber kaum war Marion glücklich in ihre Klasse gekommen, da waren die beiden fortgezogen, in eine andere Stadt. Und Meike, die Marion auch sehr gern mochte, ging nun aufs Gymnasium. So war von Marions Freundinnen keine mehr übrig geblieben. Sie stand allein in der 5a und musste zusehen, wie sie neue Freunde gewann.

»Das wird schon werden«, versuchte ihre Mutter immer Marion Mut zu machen. Sie ahnte wohl nicht, wie schwer das war.

Marion schlurfte in den Klassenraum und setzte sich auf ihren Platz. Schon kam Frau Gerber, ihre Lehrerin, herein und begrüßte die Kinder freundlich. Erdkunde stand auf dem Stundenplan.

»Heute beginnen wir mit einem neuen Thema«, sagte Frau Gerber und entrollte vorne an der Tafel eine große Karte. »Wer von euch weiß, welcher Kontinent dies ist?«, fragte sie.

Acht Kinder meldeten sich. Auch Marion. Und sie kam

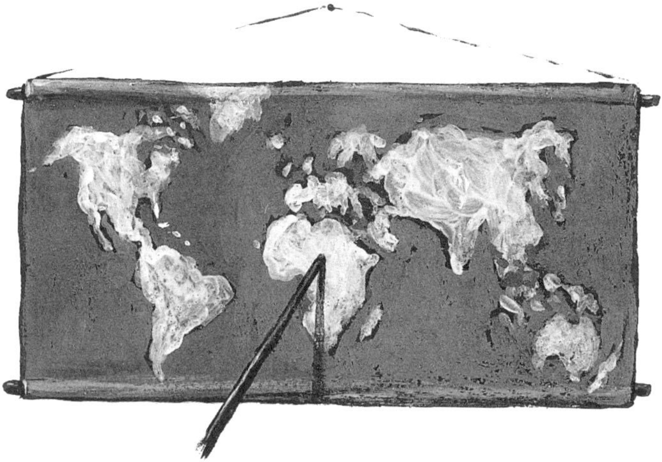

sogar dran. Marion bewegte die Lippen und brachte einen leichten Stöhnlaut heraus. Frau Gerber sah konzentriert auf Marion, verstand sie aber nicht. Die anderen sieben Kinder begannen wild mit den Fingern zu schnippen.

»Tut mir Leid«, sagte Frau Gerber. »Ich verstehe dich nicht. Vielleicht kannst du die Antwort aufschreiben?« Das war den anderen Kindern zu viel. Sie wollten nicht warten.

»Das dauert doch viel zu lange«, moserte Oliver. »Das da ist Afrika!«, triumphierte er.

Marion ballte wütend die Fäuste. *Schon wieder Oliver!*, dachte sie. *Immer kommt er mir zuvor, so dass ich nie antworten kann. Das macht er mit Absicht!*

»Ja, das ist richtig«, bestätigte die Lehrerin Olivers Antwort. »Aber es wäre nett gewesen, wenn du gewartet hättest. Eigentlich war Marion dran.«

»Ach die«, sagte Oliver bloß und machte dazu eine abfällige Handbewegung.

Marion stützte den Kopf auf die Hände und blickte auf die Karte. *Afrika! Dort muss es großartig sein!* Immer währender Sonnenschein, inmitten wilder Tiere und großer duftender Pflanzen. Niemand würde sie danach fragen, ob sie reden konnte. Nein, die Tiere würden sie vielleicht auch so verstehen, zumindest die zahmeren. Man konnte still dasitzen im Dschungel oder in der Wüste und die Tiere beobachten.

Schon oft hatte Marion sich Tierfilme im Fernsehen angesehen und sich gewünscht einmal in ihrem Leben dort hinzufahren. Manchmal hatte sie auch geträumt, sie würde da wohnen, mitten in Afrika. Nur mit einem kleinen Baströckchen bekleidet, in einer gemütlichen kleinen Hütte und mit einem Schimpansen als Haustier, der nicht von ihr verlangen würde, dass sie sprechen konnte.

Afrika! Marion schaute aus dem Fenster. Sie sah, wie noch immer der Regen gegen die Scheiben prasselte. *Und den ganzen Tag Sonne! Ach, Afrika muss schön sein,* dachte Marion.

Sie nahm sich ein Blatt Papier aus ihrer Schultasche, griff einen Buntstift aus der Federtasche und begann zu zeichnen: einen großen, grauen Elefanten, der gerade badete. Marion konnte sehr gut zeichnen, weil sie oft Dinge, die sie nicht sagen oder schreiben konnte, aufzeichnen musste, damit die anderen sie verstanden. Zwar hatte sie in der Sonderschule die Zeichensprache gelernt, aber niemand anders verstand sie, außer ihrer Mutter und ihrer Großmutter – und ihren Freundinnen, damals. Die hatten das aus Spaß einfach mitgelernt.

»Marion!«

Marion schreckte auf. Vor ihr stand Frau Gerber. »Marion, die Stunde ist beendet«, sagte Frau Gerber. »Willst du nicht hinaus in die Pause gehen?«

Marion nickte und packte schnell Papier und Stift ein.

»Hast du etwa die ganze Zeit vor dich hin geträumt?«, fragte Frau Gerber nach.

Aber Marion lief einfach schnell hinaus auf den Schulhof. *Und jetzt?,* dachte sie.

Der Regen hatte für einen Moment aufgehört. Marion sah, wie die anderen Kinder die Chance nutzten und wieder Ball spielten wie in jeder Pause. Marion hatte keine Lust mitzuspielen. Sie würde doch nur wieder am Rande stehen und nicht angespielt werden.

Sie hockte sich auf einen Blumentrog, zog ein kleines Büchlein aus ihrer Hosentasche und ging ihrer Lieblingsbeschäftigung nach: Krimis lesen! Wenn Marion einen Krimi las, konnte sie alles um sich herum vergessen: die Freundinnen, die sie vermisste, den doofen Oliver, die Ballspiele, von denen sie ausgeschlossen war. Einfach alles. Marion versank

in die Krimigeschichten, wobei sie sich alles ganz plastisch vorstellte. In solchen Momenten wollte sie doch nicht nach Afrika, sondern viel lieber eine berühmte Detektivin sein, die die schwierigsten Fälle löst und – die sprechen kann! Vielleicht würde sie aber auch nur deshalb so berühmt, weil sie die einzige stumme Detektivin war, stellte sich Marion manchmal vor. Dann bräuchte sie natürlich einen Gehilfen. So wie bei Zorro. Der hatte einen Gehilfen, der stumm war. Bei Marion als Meisterdetektivin wäre es genau umgekehrt. Und vielleicht bekäme sie dann auch einen geheimen Auftrag in Afrika.

Eine große Fahrt

»Kambu, pass auf!«, schrie Klick-Klack. Aufgeregt schlug sie mit den Flügeln und sprang mit einem großen Satz von dem Baum herab, in dem sie zusammen mit Kambu gesessen hatte. Mit dem linken Auge blickte Kambu ihr hinterher und mit dem rechten suchte er die Gegend ab.

»Was ist?«, wollte er gerade fragen. Doch dazu kam er nicht mehr. Er hatte das riesengroße Messer übersehen. Mit einem mächtigen Zischen jagte die Machete über seinen Kopf hinweg, fegte die Blätter beiseite und zerschlug mit einem Hieb den Ast, auf dem Kambu saß. Kambu spürte nur noch eine große Leere unter sich, kreischte, versuchte sich im letzten Moment mit seinem Greifschwanz zu retten. Aber er konnte keinen anderen Ast erwischen. Zu schnell ging es bergab. Er sah kurz den trockenen Boden auf sich zurasen, spürte noch einen dumpfen Aufprall, dann wurde es schwarz. Kambu spürte und sah nichts mehr.

Er hörte auch nicht, wie der farblose Mann zu den anderen sagte: »So, wenn ich schon mal hier bin, wollte ich es auch mal probieren. Hier, diese Staude ist von mir! Gar nicht so einfach sie mit einem Hieb abzuschlagen.«

Der farblose Mann lachte laut, gab die Machete zurück und verabschiedete sich fröhlich. Ein anderer Mann nahm die abgeschlagene Staude, in der der besinnungslose Kambu lag, und warf sie auf einen Lastwagen.

Erst viele, viele Stunden später wachte Kambu auf. Langsam versuchte er auf die Beine zu kommen. Es gelang ihm, doch er schwankte stark. Noch immer war ihm schwarz vor Augen. Er schloss sie wieder, konzentrierte sich und öffnete sie ein zweites Mal. Keine Besserung. Er schwankte und sah schwarz. Er wechselte die Blickrichtung. Ohne Erfolg.

Verdammt noch mal, ist mir schlecht, dachte Kambu. *Hoffentlich ist mit mir nichts Ernstes pass...* Er stockte in seinem Gedanken. *Moment mal!* Er blickte nach links und rechts, nach oben und unten, nach vorne und hinten. *Tatsächlich!* Erst jetzt bemerkte Kambu, was wirklich los war. Er *sah* nicht schwarz, es *war* schwarz um ihn herum!

Ist es denn schon Nacht?, grübelte Kambu. *Wie lange war ich ohnmächtig? Haben wir noch heute oder schon morgen? Und...,* er richtete beide Augen gen Himmel um ganz sicher zu sein, *...wieso sind dort keine Sterne am Himmel?*

Kambu schwankte, stärker als zuvor. Er rutschte auf etwas Nassem aus, glitschte vorwärts, konnte das Gewicht des Körpers nicht mehr halten und fiel auf die Nase.

Mist!, fluchte er. *Wo bin ich? Wieso ist es hier nass und dunkel? Wo sind die Männer und wo ist Klick-Klack?*

Vorsichtig ging Kambu einige Schritte vorwärts. Jedes seiner Augen drehte sich im Kreise, um sowohl rechts wie auch links von seinem Körper alles im Blick zu haben. Doch weil Chamäleons keine Nachttiere sind, fiel es Kambu schwer, irgendetwas zu erkennen.

Dafür nutzte er seine Zunge. Die berühmte, lange, muskulöse Zunge der Chamäleons, die von vielen als präzises Jagdinstrument bewundert wird. Kambu konnte mit seiner Zunge nie etwas anfangen. Beim Pflanzenfressen und Sprechen war das überlange Ding eher im Weg, obwohl sie wie eine Ziehharmonika zusammengezogen in seinem Maul ruhte. Jetzt aber machte Kambu von seiner Zunge Gebrauch. In regelmäßigen Abständen ließ er sie die vollen 30 Zentimeter hervorschnellen um herauszufinden, ob sich vor ihm irgendwelche Gegenstände befanden.

Da war was! Die Zunge war gegen etwas Hartes gestoßen. Kambu näherte sich langsam dem Gegenstand und konzentrierte alle seine Sinne darauf. Der Geruch kam ihm bekannt vor ... Bananen!

Er saß vor einer Kiste mit Bananen. Darauf stand noch eine Kiste, dann noch eine und noch eine und immer so weiter. Auf beiden Seiten der Kisten setzte sich das Bild fort. Allmählich erkannte Kambu in der Dunkelheit einige Umrisse. Er stand vor einer ungeheuer großen Wand aus Kisten, in denen vermutlich Bananen verpackt waren.

Wer soll denn bloß so viele Bananen essen?, fragte sich Kambu. *Das sind ja Hunderte, nein Tausende und Abertausende Bananen!*

In dem Moment fiel ihm wieder alles ein: Bananenlieferung! Die Männer sprachen mit dem Farblosen über die Lieferung von Bananen. Nach Deutschland sollten sie gebracht werden! Panisch drehte Kambu seine Augen im Kreise, den Kopf noch dazu. Es durfte nicht wahr sein. Er wird doch wohl nicht...

Erschöpft und traurig ließ er sich zu Boden sinken. Sein Körper landete wieder in der Pfütze.

Es ist wahr, erkannte er. *Ich bin auf einem Schiff! Auf einem Schiff, mit dem Bananen nach Deutschland gebracht werden. Was immer dieses Deutschland auch sein mag. Es ist bestimmt weit entfernt von zu Hause.* Und damit hatte Kambu zweifelsohne Recht.

Niedergeschlagen verkroch er sich in eine trockene Ecke. Ihm war kalt. Hier unten in den Bauch des Schiffes drang kein Sonnenstrahl. Die Feuchtigkeit vom Boden fuhr ihm in die Glieder und er vermisste das Licht. Er wusste nicht einmal, ob es Tag oder Nacht war. Kambu hätte am liebsten lauthals geweint.

Aber da spürte er eine Bewegung. Obwohl er keine Insekten fraß, hatte er doch den untrüglichen Instinkt eines Chamäleons. Irgendetwas in der Nähe regte sich und wenn es nur eine Fliege war. Das vermutete er auch als Erstes und

deshalb rief er in der Fliegensprache in die Dunkelheit hinein: »Ist da jemand?«

Vor ihm erschallte ein leises Lachen. »Hier ist keine Fliege, Kambu«, hörte er. »Leider. Ich wünschte, es wäre so. Ich habe nämlich Hunger. Du hast wirklich lange keine Insekten mehr gefressen, dass du mich für eine Fliege hältst. Ausgerechnet mich!«

Kambu richtete beide Augen gleichzeitig auf die Stelle, von der die Stimme kam. Er hatte jedes Wort sofort verstanden. Es war die Sprache der Vogelspinnen. Und da sah er auch schon, wie Bimbala, die dickste, fetteste und frechste aller Vogelspinnen aus seiner Heimat, zwischen zwei Kisten hervorgekrabbelt kam.

»Bimbala!«, rief Kambu erfreut aus. Wenigstens hatte er jetzt während der Fahrt Gesellschaft. »Was machst du denn hier?«

»Was wohl?«, antwortete Bimbala schnippisch. »Vermutlich das Gleiche wie du. Ich habe einen Moment nicht aufgepasst, als ich in den Bananen auf Jagd war. Und schon hatte die Machete mich erwischt. Ich werde wirklich alt. Es ist nämlich schon das zweite Mal, dass mir das passiert.«

»Das zweite Mal?«, staunte Kambu.

»Ja, das zweite Mal.« Bimbala brach in lautes Gelächter aus. »Und in ein paar Tagen war ich wieder zurück. Und zwar genau so, wie ich gekommen bin. Per Schiff.«

Kambu war völlig verwirrt. Er hatte das Gefühl, in dem größten Abenteuer seines Lebens zu stecken. Aber diese Vogelspinne, die sein Schicksal teilte, tat so, als sei sie auf einem kurzen Wochenendausflug, lediglich ein paar Bäume weiter.

Die Spinne krabbelte wieder an einer der Kisten hoch. Der Schiffsboden war ihr zu kalt und zu nass. Kambu folgte ihr, hatte aber mehr Mühe hinaufzuklettern als Bimbala, die einfach an der senkrechten Seitenwand einer Kiste emporlief.

Bimbala wartete auf Kambu, dann redete sie auf ihn ein: »Meinst du, ich lasse mich von den Menschen in einen Zoo sperren? Weißt du überhaupt, was das ist, ein Zoo?«

Kambu schüttelte den Kopf. Davon hatte er noch nie etwas gehört.

»Das ist ein Park voller Käfige und Glaskästchen. Dort sperren die Menschen uns ein, damit andere Menschen uns begaffen können«, erklärte Bimbala.

»Na ja«, bemerkte Kambu kurz. Das hörte sich zwar nicht besonders lustig an, aber auch nicht so grauenvoll, wie Bimbala es anscheinend empfand.

»Du musst dir die Käfige mal angucken«, schnaubte Bimbala wütend. »Die sind so klein, dass Vögel darin nicht fliegen, Tiger nicht jagen, Giraffen nicht laufen und Elefanten nicht richtig baden können. Und unsereins sperren sie in Glaskästchen, die sind kaum größer als wir selbst. An eine Jagd ist dann überhaupt nicht zu denken. Dafür werfen sie dir irgendwelchen Fraß zum Futtern hin. Ein paar Gräser noch, einen alten Ast und schon halten sie deinen Glaskasten für eine Nachbildung der Natur. Besten Dank! Da mache ich nicht mit!«

Kambu blickte die Vogelspinne entsetzt an. Er konnte es nicht glauben. Eine Horrorgeschichte um ihm Angst einzujagen. »Wer sollte denn auf die Idee kommen so etwas Grausames mit Tieren anzustellen?«, gab Kambu zu bedenken.

»Na, wer wohl?«, entgegnete Bimbala. »Die Menschen natürlich. Ich sage dir, das sind die letzten Typen. Dagegen ist eine Giftschlange die reine Freude.«

Kambus Stimmung war auf dem Nullpunkt. Schon vorher war er sehr traurig gewesen. Aber da war doch wenigstens noch ein Fünkchen Hoffnung, dass die lange Fahrt ihn an einen schönen Ort bringen könnte. Vielleicht sogar an einen Ort, an dem er nicht ständig ausgelacht werden würde. Doch jetzt war jede Hoffnung dahin.

War es sein Schicksal, in diesem fernen Deutschland in einen Glaskäfig gesperrt zu werden, damit die Menschen ihn bestaunen konnten? Und was würde sein, wenn die Menschen erkannten, dass es an ihm gar nichts zu bestaunen gab, weil er ein Chamäleon war, das nicht – wie die Menschen es erwarteten – seine Farbe änderte?

»Jetzt lass mal den Kopf nicht hängen«, versuchte Bimbala ihn aufzumuntern. »Noch ist nicht alles verloren.«

Aufmerksam hob Kambu den Kopf. »Du meinst«, fragte er leise, »es gibt noch eine Rettung?«

»Aber klar!«, versprach Bimbala. »Hab ich doch gesagt. Beim ersten Mal habe ich gewartet, bis mich die Menschen am Hafen mitsamt den Bananen ausgeladen hatten. Doch bevor sie mit dem großen Netz kamen, in dem sie die Bananen dann auf ihre Lastwagen laden, habe ich einfach einen Arbeiter gebissen. Die Aufregung hättest du sehen sollen!«

Bimbala lachte laut, als sie sich an die Szene erinnerte. »Schreiend lief der Kerl davon. *Eine Vogelspinne! Eine Vogelspinne!,* kreischte er und sprang immer im Kreis.«

Jetzt musste auch Kambu lachen. Die Vorstellung, dass ein

Mensch wild herumhüpfte und immerzu kreischte, fand er auch komisch.

»Du musst wissen«, fügte Bimbala kichernd hinzu, »die Menschen glauben noch immer, dass mein Biss tödlich ist.«

Kambu kugelte sich vor Lachen. Bimbala als tötendes Ungeheuer! Diese Vorstellung fand Kambu einfach aberwitzig.

Bimbala beruhigte sich wieder ein wenig und erzählte weiter, während Kambu noch immer kicherte. »Na ja, natürlich entstand helle Aufregung bei den Menschen, als der Mann so schrie. Das Durcheinander nutzte ich dann um so schnell wie möglich zu verschwinden.«

»Aber wohin?«, wollte Kambu wissen. Er begann die Vogelspinne zu bewundern, die so selbstverständlich in einer ihm völlig fremden Welt zurechtkam und über die Gefahren, die sie zu überstehen hatte, so herzhaft lachen konnte.

»Ich bin in einem Auto geflohen«, berichtete Bimbala weiter. Kambu staunte sie an. »Du hast doch den Lastwagen auf der Plantage gesehen«, erklärte die Vogelspinne. »Diese Lastwagen werden in Deutschland hergestellt und mit dem Schiff nach Afrika gebracht. Es ist fast wie ein Tausch. Die einen bekommen Bananen, die anderen Autos, mit denen sie dann wieder die Bananen transportieren. Und in einem dieser Lastwagen habe ich mich versteckt. Dann wurde ich mit dem Schiff wieder nach Afrika zurückgefahren. Ganz einfach.«

Kambu war verblüfft. »Woher weißt du das alles von den Menschen?«, fragte er nach. Kambu konnte zwar die Menschensprache verstehen, aber er wusste nicht halb so viel von diesen Wesen.

Bimbala lachte wieder. »Ihr Chamäleons seid einfach viel zu faul! ...«

Kambu guckte beleidigt.

»... Ihr hockt fast euer gesamtes Leben auf einem einzigen Baum.«

Das stimmte, musste Kambu zugeben. Chamäleons waren tatsächlich nicht sehr lauffreudig. Sie fühlten sich dort wohl, wo sie waren, und bewegten sich deshalb auch nur selten zu einem anderen Ort. Wozu auch?

»Siehst du?«, sagte Bimbala. »Wir Vogelspinnen aber rennen ständig durch die Gegend, verstecken uns, stellen unserer Beute nach um genug zu fressen zu haben. Dabei begegnen wir oft Menschen. Und die mögen uns gar nicht. Die Menschen denken, für eine Spinne sind wir viel zu groß. Dann sind wir auch noch behaart und – wie gesagt – sie denken, wir könnten sie töten. Dabei ist es genau umgekehrt. Immer, wenn ein Mensch uns sieht, versucht er uns umzubringen. Da ist es sehr ratsam, viel über diese merkwürdigen Wesen zu wissen um ihnen rechtzeitig aus dem Weg gehen zu können. Das gehört zum Überleben.«

Kambu war baff. Eine Vogelspinne, die die Menschen erforschte!

Er war froh Bimbala im Rumpf des Schiffes getroffen zu haben. Mit der Spinne an seiner Seite hatte er Hoffnung, auch in diesem fremden Deutschland zurechtzukommen oder vielleicht sogar sofort wieder ein Schiff zu finden, das ihn auf dem schnellsten Wege nach Afrika zurückbringen würde.

Die Begegnung

»Komm, Marion, zieh dich an! Wir wollen zum Markt.« Marions Oma hatte schon ihren Regenmantel übergezogen und suchte im Küchenschrank nach ihrem Einkaufsbeutel.

Marion hüpfte vergnügt zur Garderobe. Mit ihrer Oma auf dem Markt einzukaufen machte immer großen Spaß. Zwischen dem Gemüse- und Fleischstand nämlich stand ein großer Wagen, an dem es gebrauchte Kriminalromane und Comics für wenig Geld zu kaufen gab. Und meistens legte Oma noch ein paar Euro drauf, so dass Marion oft mit drei oder vier neuen Büchern nach Hause kam.

Schnell schlüpfte Marion in ihre Schuhe, hechtete in ihren Anorak und stand schon ungeduldig an der Tür, als ihre Oma endlich die Einkaufstasche gefunden hatte.

Gemeinsam schlenderten die beiden zum Wochenmarkt, der immer dienstags und samstags nur einige Straßen entfernt aufgebaut war.

Als die beiden um die nächste Straßenecke bogen, konnte Marion den Markt schon sehen. Sie roch das Bratfett vom Imbissstand. Automatisch ging sie schneller und zog ihre Großmutter am Arm. Sie konnte kaum erwarten endlich an den Bücherstand zu kommen.

Und dort war er auch schon: Ein großer, bunter Wagen, der rundherum mit Comicheften geschmückt war, die der Verkäufer mit Wäscheklammern an einem Seil befestigt hatte. Darunter standen Pappkartons, prall gefüllt mit Heften, Büchern und Zeitschriften. Aus jeder Kiste ragte ein handgemaltes Preisschild empor. Marion steuerte die Kiste an, die mit »alles unter 2 Euro« ausgezeichnet war.

»Hallo, kleiner Bücherwurm«, begrüßte der Verkäufer sie freundlich.

Der Verkäufer war ein alter Mann. Ein sehr alter Mann, glaubte Marion. Jedenfalls hatte er nur noch dünne, weiße Haare auf dem Kopf, die eine hohe, runzelige Stirn frei ließen. Darunter sah Marion in wässrige, aber freundliche Augen, die durch die dicke Brille unglaublich groß wirkten. Er trug ein altes, abgeschabtes Baumwollhemd, das so aussah, als hätte er es einem Cowboy aus dem Fernsehen weggenommen. Die Hosen hatte Marion noch nie gesehen, da der Verkäufer stets hinter seinem Tresen stand.

»Hast du etwa schon wieder alles fertig gelesen?«, fragte er Marion zur Begrüßung.

Marion nickte eifrig.

»Na«, fuhr der Verkäufer fort. »Dann musst du mir mal wieder eine Tüte voll mitbringen.«

Das war das Tollste an diesem Stand, fand Marion. Man kaufte die Bücher für weniger als zwei Euro. Wenn man sie fertig gelesen hatte, konnte man sie hier wieder abgeben und bekam immerhin noch 50 Cent bis einen Euro pro Stück. Bei der Menge, die Marion las, konnte sie auf diese Weise jedes Mal noch ein Buch zusätzlich mitnehmen. Aber diesmal hatte sie keine alten Bücher dabei, sie waren daheim in ihrem Zimmer. Da sie zur Zeit bei ihrer Oma wohnte, kam Marion nicht an die Bücher heran.

Aber dafür hatte der Verkäufer etwas für Marion.

»Schau mal!«, sagte er lächelnd und griff mit einer Hand unter den Ladentisch. Freudestrahlend zog er einen großen Bildband hervor. »Habe ich erst gestern bekommen. Den wollte ich eigentlich für mindestens sieben Euro verkaufen. Für dich aber kostet er nur fünf.«

Marion nahm den Bildband und las den Buchtitel. In großen, roten Buchstaben stand dort: AFRIKA!

Hastig blätterte Marion in dem Buch umher. Große, prächtige Farbbilder sprangen sie aus dem Buch förmlich an. Bilder von Nilpferden, von unendlichen Landschaften, auf denen Bäume, Flüsse, aber keine Häuser zu sehen waren. Sie sah Fotos von dichtem Dschungel, von bunten Papageien und

anderen Tieren, von denen Marion nicht einmal wusste, dass es sie überhaupt gab. Marion konnte sich gar nicht satt sehen. Immer und immer wieder blätterte sie das Buch von vorn nach hinten und zurück. Schließlich blickte sie erschrocken zum Verkäufer auf, griff in ihre Jackentasche, holte ihre kleine Geldbörse mit dem Goofy-Kopf hervor und sah hinein. Sie hielt den Atem an. Nur vier Euro waren darin. Schnell guckte Marion sich nach ihrer Großmutter um, aber die war irgendwo zwischen den Ständen mit Gemüse, Käse und Eiern verschwunden. Traurig gab sie dem Mann das Buch zurück. Der winkte lachend ab.

»Lass mal«, sagte er. »Ich gebe es dir für vier Euro. Aber nur, wenn du mir erzählst, was drin steht.«

Erzählen? Zweifelnd sah Marion den Mann an.

»Du hast mich schon richtig verstanden«, erklärte der Verkäufer in seinem stets freundlichen Ton. »Ich weiß, dass du nicht sprechen kannst. Aber sieh mich an: Ich kann kaum noch lesen mit diesen Augen. Wir beide mögen Bücher. Ich wette, wir wären ein tolles Gespann: Der Blinde und die Stumme, die sich gegenseitig Geschichten vorlesen!« Dann lachte er aus vollem Herzen.

Auch Marion musste lachen. Sie mochte den alten Mann.

Er guckte sie nicht ständig so komisch an, nur weil sie nicht sprechen konnte. Marion klemmte sich das Buch unter den Arm und lief winkend davon. Am Obststand traf sie ihre Oma.

»Nanu?«, wunderte sich ihre Großmutter. »Schon fertig?«

Marion nickte und hielt ihrer Oma das große Afrikabuch entgegen.

»Ein sehr schönes Buch«, fand die Oma.

Marion zeigte noch auf die Bananen, die goldgelb und appetitlich in einem großen Korb lagen. Die Großmutter kaufte ein Pfund davon und die beiden machten sich auf den Heimweg.

Zu Hause machte es sich Marion in Omas großem, weichem Ohrensessel gemütlich. Dies war der beste Ort zum Lesen. Der Sessel war so groß, dass Marion bequem den Kopf an die Lehne stützen konnte. Links und rechts von ihr war noch genügend Platz, die Bücher abzulegen, aber das Beste war: Wenn man sich mit Schwung gegen die Lehne drückte, sprang vorn eine Fußstütze aus dem Sessel, so dass man seine Beine lang machen konnte.

Gerade hatte sie sich in den Ohrensessel so richtig schön hineingekuschelt und ihr Buch aufgeschlagen, als Marion aus der Küche einen grellen Schrei hörte.

Oma ist was passiert!, schoss es Marion durch den Kopf. Erschreckt sprang sie auf, warf das Buch auf den Fußboden und spurtete in die Küche. Sie sah, wie ihre Oma hektisch in der Speisekammer herumwühlte. Marion sprang auf sie zu und riss sie am Rock. Oma drehte sich um.

»Schau nur!«, schrie Oma. »Was für ein grässliches Vieh in

den Bananen sitzt! Dem Obsthändler werde ich was erzählen!«

Marion drehte sich um und sah zum Küchentisch. Sie konnte auf den ersten Blick nichts erkennen. In dem Moment schubste Oma sie beiseite und stand plötzlich mit einer Kohlenschaufel vorm Küchentisch.

»So was Ekelhaftes!«, schimpfte sie. »Wer weiß, ob das Vieh nicht giftig ist.«

Nun sah auch Marion das Tier.

Es war fast so lang wie ein Lineal, hatte eine grasgrüne Farbe und Furcht erregend große Glubschaugen, die gleichzeitig in verschiedene Richtungen starrten. Blitzartig schoss eine entsetzlich lange, schleimige Zunge aus dem Maul heraus und wieder zurück. Das Tier zitterte am ganzen Körper. Eilig krabbelte es unter die Bananen. Oma holte weit aus und wollte mit der Kohlenschaufel auf das hässliche Ungetüm einschlagen. Marion schaute abwechselnd zu dem Tier und zur Oma. In Sekundenbruchteilen entschied sie sich.

Sie sprang heran, drängte ihre Oma beiseite und riss ihr den Arm mit der Schaufel herunter. Oma wankte, hatte Schwierigkeiten das Gleichgewicht zu halten, ließ die Schaufel fallen und stützte sich am Küchenschrank ab um nicht hinzufallen.

»Mädchen, was tust du da?«, schnaufte die Großmutter.

Marion stellte sich schützend vor den Küchentisch und schüttelte heftig ihren Kopf.

»Du willst das Vieh retten?«, fragte Oma verdutzt.

Marion nickte.

»Aber du weißt doch gar nicht, was das ist. Vielleicht ist es gefährlich?«, warnte Oma.

Marion machte einen schnellen Schritt zum Küchenschrank, zog die Schublade auf, kramte Papier und Bleistift heraus und schrieb darauf: »Chamäleon!«

Oma betrachtete den Zettel und las das Wort langsam vor: »Ka – me – le – on.«

Allmählich begriff sie: »Du meinst, das hässliche Ding dort ist ein Chamäleon?«

Wieder nickte Marion, ging zurück zum Tisch und nahm vorsichtig die Bananen beiseite. Darunter lag zusammengekauert und ängstlich zitternd Kambu das Chamäleon. Ganz langsam und behutsam streckte Marion eine Hand nach Kambu aus. Der wich erschreckt zurück. Marion wiederholte die Bewegung.

Keine Angst, ich tu dir nichts, dachte sie und formte die Worte unwillkürlich mit den Lippen nach. Jetzt blieb Kambu sitzen und ließ sich zaghaft von Marion anfassen.

Oma stand daneben und beobachtete mit angehaltenem Atem, was ihre Enkeltochter dort mit dem Tier trieb. Sie schielte zur Kohlenschaufel hinüber um zu prüfen, ob sie im Zweifelsfalle auch in Reichweite wäre.

»Es ist fast so, als ob er dich verstehen würde«, staunte sie.

Marion nahm das Chamäleon auf den Arm und streichelte es zart. Mit einem Auge sah Kambu auf die Lippen des Mädchens, mit dem anderen verfolgte er argwöhnisch die Bewegungen der alten Frau. Noch immer zitterte er am ganzen Leib.

Marion sah ihrer Großmutter in die Augen, dann wieder auf das Tier.

Großmutter verstand: »Du willst ihm etwas zu fressen

geben? Tja, aber was weiß denn ich, was so ein Vieh frisst?« Hilflos sah die Großmutter sich in der Küche um.

Marion schnappte sich mit der freien Hand eine Banane und hielt sie ihrer Oma hin. Die schälte sie und gab sie Marion vorsichtig zurück. Noch immer hatte Oma Angst vor dem unbekannten Tier. *Wer weiß, vielleicht springt es einen aus heiterem Himmel an?*, dachte sie sich. *Man hat schließlich schon die schlimmsten Geschichten gehört.*

Marion hielt dem Chamäleon die geschälte Banane hin. Kambu biss ein kleines Stückchen davon ab und fraß. Marion lachte ihn an und verschwand mit ihm ins Wohnzimmer. Dort setzte sie sich mit dem Chamäleon im Arm in Omas Sessel.

Kambu verlor allmählich seine Schüchternheit und biss noch einmal von der Banane ab, diesmal schon kräftiger und ein größeres Stück.

Kambu beruhigte sich. Wo war er hingeraten? Er und Bimbala hatten sich auf dem Rest der Schiffsfahrt den Heimweg so schön und einfach vorgestellt.

»Du brauchst überhaupt keine Angst zu haben«, hatte Bimbala ihm versichert.

Aber dann kam alles anders. Am Hafen angekommen, hatte Kambu sich sicherheitshalber in einer Bananenkiste verkrochen, während Bimbala sich nach einem Lastwagen umgeschaut und auch einen gefunden hatte.

»Prima«, hatte sie gesagt. »Genau der richtige für uns. Ein alter klappriger Lastwagen. Der wird bestimmt nach Afrika gebracht.«

Aber Bimbala hatte sich gründlich verschätzt. Eilig waren Kambu und Bimbala zu dem Lastwagen gekrabbelt – das heißt, was man bei einem Chamäleon eilig nennen kann. Bimbala fand, Kambu war ungeheuer langsam. Trotzdem wurden sie von niemandem gesehen. Doch kaum hatten sie es sich auf der Ladefläche bequem gemacht, da kamen einige Männer und warfen Kisten und Säcke auf die Ladefläche. Kambu und Bimbala mussten sich in die letzte Ecke verkriechen um von den schweren Kisten und Säcken nicht erschlagen zu werden. Die Männer gingen erst wieder fort, als die Ladefläche rappelvoll geladen war.

»Das bedeutet nichts Gutes«, hatte Bimbala noch gesagt. »Wir verstecken uns lieber.«

Und so war Bimbala in einen Sack gekrabbelt, während Kambu in eine Kiste kroch, eine Kiste voller Bananen. Kambu erkannte es sofort: Es waren die Bananenkisten vom Schiff!

Dann fuhren sie los. Aber nicht zu einem Schiff, das sie nach Afrika brachte, sondern direkt zu einem Wochenmarkt. Dicht in einer kleinen Bananenstaude eingerollt hielt Kambu sich versteckt und wagte nicht einen Mucks zu machen. Und dann war er plötzlich in diesem komischen Raum, in dem eine alte, blasse Frau mit der Schaufel auf ihn losging.

Kambu knabberte weiter an der Banane. Sie schmeckte gut, fast wie zu Hause. Kein Wunder. Sie kam ja auch von dort.

Während er fraß, musste er an sein Heimatdorf denken. Wenn die Kinder aus der Schule nach Hause kamen, streiften sie manchmal durch die Plantage und pflückten sich einige Bananen. Das durften die Arbeiter natürlich nicht sehen, aber selbst wenn: Die Kinder waren viel zu geschickt und zu schnell um sich erwischen zu lassen. Oft hatte Kambu, wenn er sich mal wieder so allein fühlte, in einer Staude gehockt und die Kinder beim Bananennaschen beobachtet.

Kambu betrachtete das Mädchen, das ihn noch immer auf dem Arm hielt. Auch sie hatte keine Farbe. Genau wie der Mann auf der Bananenplantage. Aber sie schien nett zu sein.

Immerhin hatte sie ihn vor der Schaufel gerettet. Aber warum sagte sie nichts? Kambu entschloss sich mutig zu sein und den Anfang zu machen.

»Wer bist du?«, fragte er das Mädchen.

Doch er bekam keine Antwort. Stattdessen sprang das Mädchen entsetzt auf, warf ihn mit einer Reflexbewegung im hohen Bogen durchs halbe Zimmer und gab quiekende Laute von sich.

Kambu reagierte instinktiv. Sein kräftiger Greifschwanz schnellte empor und griff nach dem Erstbesten, was zu greifen war: die Wohnzimmerlampe. Dort baumelte er nun an der Deckenlampe und sah das Mädchen verdutzt an. Das stand vor dem Sessel, staunte zurück und zitterte.

Kambu überlegte einen kurzen Moment, dann verstand er die Reaktion des Mädchens. »Du wunderst dich, dass ich sprechen kann?«

Marion nickte.

»Ich mich auch«, sagte Kambu. »Es ist ein Geburtsfehler. Alle wundern sich darüber. Aber ich kann nichts dafür. Ich kann es eben.«

Marion lächelte. Kambu freute sich darüber. Aber Marion lächelte über eine Sache, die Kambu noch nicht wusste: Er lispelte!

Zwar konnte Kambu alle Sprachen sprechen, doch seine überlange Zunge war ihm dabei immer so sehr im Wege, dass er – zumindest in den meisten Sprachen – lispelte. Das hörte sich besonders bei den S-Lauten der Menschensprache so komisch an, dass Marion unwillkürlich lachen musste.

»Wer bist du?«, fragte Kambu ein zweites Mal.

Marion formte die Lippen und ging einige Schritte näher an das Chamäleon heran, wobei sie den Kopf noch tiefer in den Nacken legte, weil Kambu ja noch immer oben an der Deckenlampe baumelte. »Marion!«, antwortete sie schließlich mit stummen Lippenbewegungen auf Kambus Frage.

»Marion? Ein seltsamer Name«, fand Kambu. »Aber irgendwie auch hübsch.«

Bewundernd betrachtete Marion das Tier. Wieder formte sie mit dem Mund einen lautlosen Satz.

Kambu sah genau hin. Dann war er es, der staunte: »Du bist stumm? Oh, das habe ich gar nicht bemerkt. Wir Chamäleons hören nämlich sehr schlecht, weißt du. Ich lese sowieso meistens von den Lippen ab.«

Marion war so überwältigt, dass sie sich erst mal setzen musste. Sie hockte sich einfach im Schneidersitz auf den Wohnzimmerteppich direkt unter die Lampe und starrte beeindruckt nach oben.

Zum ersten Mal in ihrem Leben gab es ein Wesen, das sich vollkommen unbeschwert mit ihr unterhalten konnte. Es redete so natürlich mit ihr, als könnte sie selbst sprechen. Ja, mehr noch, dieses Wesen hatte nicht einmal bemerkt, dass sie stumm war! Marion liefen einige Tränen die Wangen hinunter. Tränen der Freude. Sie hatte das Gefühl, einen neuen Freund gefunden zu haben. Einen Freund, der anders war als alle anderen. Einen Freund mit einer grünen, ledernen Haut, großen, hervorquellenden Glubschaugen, einer unglaublich langen, schleimigen Zunge und einem ebenso langen Greifschwanz. Einen Freund, der, wäre er größer gewesen, ohne Verkleidung in einem Horrorfilm das Monster hätte spielen können. Aber ein Freund, der sie verstand. Und das war das Schönste, was Marion seit langem erlebt hatte.

Der dreibeinige Löwe

Marion und Kambu hatten sich eine Menge zu erzählen. Marion wollte alles über Afrika wissen: ob es dort wirklich so aussieht, wie es in ihrem neuen Buch beschrieben war, was die Kinder in Afrika spielen, wie dort die Schulen sind und ... ach, so viele Fragen!

Und Kambu wollte alles erfahren über die Welt, in die er unfreiwillig hineingeraten war. Aber beide mussten sich mit ihrer Neugier noch gedulden.

Gerade wollte Kambu erzählen, wie er nach Deutschland gekommen war, als Marions Oma die Wohnstube betrat.

»Na, was macht denn das kleine Ungeheuer?«, fragte sie, noch immer ein wenig argwöhnisch.

Blitzschnell legte Marion einen Zeigefinger auf ihren Mund. Kambu sollte schweigen. Sie wusste noch nicht, wozu es gut war, aber sie hatte das Gefühl, dass vorerst niemand zu wissen brauchte, dass dieses Chamäleon sprechen konnte. Kambu verstand die Geste und schwieg.

»Dann will ich mal telefonieren«, sagte die Oma.

Marion schaute ihre Oma an: *Mit wem wollte sie telefonieren?*

Marions Oma sah in das fragende Gesicht ihrer Enkeltochter und gab die Erklärung: »Na, mit dem Zoo. Wir können das Tier doch nicht behalten.«

Kambu zuckte zusammen. Der Zoo! Das war doch dieses

grässliche Gefängnis für Tiere, von dem Bimbala erzählt hatte! Das Gebäude mit den kleinen Glaskästen, in die man gesetzt wurde! Nein, unter keinen Umständen wollte Kambu dorthin!

Auch Marion erschrak. Sie war gerade dabei, den Freund ihres Lebens kennen zu lernen, und jetzt sollte er in den Zoo? Natürlich hatte sich Marion vorgestellt, dass Kambu jetzt für immer bei ihr bleiben würde. Entsetzt sprang sie auf und zog ihre Oma wild am Rock.

»Aber Kind!«, wunderte sich Oma. »Das geht doch nicht. Soviel ich weiß, darf man solche Tiere gar nicht behalten. Sonst bekommt man den Tierschutzverein auf den Hals. Gerade gestern habe ich erst in einer Zeitschrift gelesen, dass jemand ein Krokodil ...«

Mehr konnte Oma nicht erzählen. Mit wilden Handbewegungen machte Marion ihrer Oma klar, dass man dann solche Tiere wohl auch nicht erschlagen dürfe.

Die Großmutter wurde etwas verlegen. Wie man es drehte oder wendete, in diesem Punkt hatte ihre Enkeltochter zweifelsohne Recht.

Marion wusste, dass sie gewonnen hatte. Zufrieden nahm sie Kambu auf den Arm und sah ihre Oma bittend an. Hilflos zog ihre Großmutter die Schultern hoch.

»Was soll's?«, sagte sie. »Das soll deine Mutter entscheiden. Ein paar Tage werden wir beide es mit dem Tier schon aushalten.«

Marion hüpfte vor Vergnügen im Kreis. Kambu drehte sich der Magen um. *Wenn die weiter so herumhüpft, muss ich mich übergeben,* dachte er. Trotzdem hielt er sich an die heimliche Abmachung und sagte nichts. Tapfer schwieg er und hoffte, Marion würde mit dem Springen bald aufhören.

Er hatte Glück. Oma ließ sich erschöpft vom Einkaufen und dem Schrecken mit dem Chamäleon in ihrem wunderschönen Ohrensessel nieder. Marion verzog sich mit Kambu in die alte Dachkammer, die sie als Kinderzimmer benutzte, wenn sie ihre Großmutter besuchte. Endlich hatten die beiden Zeit sich in aller Ruhe zu unterhalten und Kambu erzählte in aller Ausführlichkeit von seinem Geburtsfehler, seinen Geschwistern, die ihn immer ärgerten, seinen Freunden, den Insekten und Spinnen, und schließlich von seiner abenteuerlichen Fahrt nach Deutschland.

Marion hatte die ganze Zeit regungslos dagesessen und aufmerksam zugehört. Noch nie hatte sie eine solch spannende Geschichte gehört: Ein Chamäleon, das keine Insekten fraß, sich nicht verfärben konnte, dafür aber alle Sprachen von Mensch und Tier verstehen und sprechen konnte und dann noch allein durch die Welt reiste!

Sie war froh, dass sie vor ihrer Oma geheim gehalten hatte, dass Kambu sprechen konnte. Niemand durfte je von Kambus Fähigkeiten erfahren. Andernfalls wäre Kambu nicht zu retten. Sofort würden sich Scharen von Zoologen, Tierärzten und anderen Wissenschaftlern über ihn hermachen, ihn einfangen und untersuchen, bis sie herausgefunden hätten, was die Ursache für seine Fähigkeiten war. Und vermutlich hätten sie ihn so lange untersucht und erforscht, bis der kleine Kerl vor Erschöpfung gestorben wäre.

Kambu verstand das alles nicht. Das war ja schlimmer als bei ihm zu Hause. Dort wurde er zwar von seinen Geschwistern wegen seines Geburtsfehlers gehänselt, aber sonst ließen ihn alle in Ruhe. Er musste sich dort nicht verstecken und so tun, als gäbe es ihn nicht. Alle wussten, dass er die Sprachen der Tiere beherrschte, und zumindest das hatte ihm einige neue Freunde beschert. Und hier sollte es gefährlich für ihn sein?

Marion grübelte, wie sie es dem kleinen Chamäleon erklären konnte. Sie scheiterte. Denn je mehr Marion überlegte, desto weniger begriff sie es selbst. *Warum eigentlich,* fragte sie sich, *darf ein Chamäleon nicht anders sein als die anderen?*

»Bei uns Menschen ist das eben so«, sagte sie schließlich stumm, indem sie nur ihre Lippen bewegte.

Und dann erzählte sie Kambu von ihren eigenen Erfahrungen. Sie berichtete, wie die meisten Menschen sie mitleidig ansahen und nur sagten: »Mein Gott, das arme Kind!«

Marion wunderte sich immer darüber. Denn arm war sie nun wirklich nicht. Immerhin besaß sie mehr als 350 Bücher – und sie hatte alle gelesen! Sie hatte Freundinnen, auch wenn sie fortgezogen waren. Sie besaß schöne Kleidung, war gut in der Schule, hatte eine Mutter, die sie gerne mochte, und eine nette Oma. Sie war die Lieblingskundin am Bücherstand auf dem Markt. Sie war gesund, hatte gute Zähne und war eine gute Sportlerin. Aber alle sagten immer nur: »Oh Gott, das arme Kind!«

»Die Menschen scheinen wirklich komisch zu sein«, sagte Kambu. Marion quiekte laut los und schüttelte sich vor Lachen. Ein einziger Satz, in dem dreimal »sch« vorkam! Das hörte sich wirklich zum Schreien lustig an, wenn der lispelnde Kambu einen solchen Satz sprach.

Kambu war beleidigt. »Fang du nicht auch noch an mich auszulachen«, schimpfte er.

»Ja, du hast Recht«, gab Marion zu. »Manchmal ist es gar nicht so leicht, es normal zu finden, wenn jemand anders ist.«

Kambu nickte. »So wird es wohl sein. Meine Geschwister finden es komisch, dass ich mich nicht färbe, aber alle Sprachen sprechen kann.«

»Meinen Mitschülern geht es genau umgekehrt: Die wundern sich, dass ich *nicht* sprechen kann«, ergänzte Marion. »Immer, wenn etwas als normal gilt, gilt was anderes als komisch.«

Kambu grinste breit. »Stell dir vor, ihr Menschen hättet alle solche Zungen wie ich.«

Marion amüsierte sich, als sie sich vorstellte, alle würden so lispeln wie Kambu. »Aber heißt das, dass wir uns damit abfinden müssen, dass alle über uns lachen oder Mitleid haben, da wir anders sind?«

»In meiner Heimat gab es einmal einen Löwen. Der hat sich nicht damit abgefunden«, sagte Kambu wehmütig. Und er begann Marion die Geschichte von dem dreibeinigen Löwen in seiner Heimat zu erzählen:

»Bei uns lebte vor Jahren mal ein Löwe mit nur drei Beinen. Mein Großvater hat mir die Geschichte erzählt. Kannst du dir das vorstellen, ein Löwe, der König des Dschungels – behindert! Das war natürlich ganz furchtbar für den Löwen. Er konnte nicht jagen, und wenn er majestätisch brüllte, so dass die Tiere des Dschungels wie bei anderen Löwen vor Ehrfurcht zusammenzuckten, dann stellten sich die Antilopen nur frech vor ihm auf und lachten ihn aus. Dem Löwen konnte nichts Schrecklicheres passieren: Er konnte seine Sippe nicht mit Futter versorgen und – was noch viel schlimmer war – sogar seine Jagdbeute machte sich lustig über ihn. Aber was sollte der arme Löwe tun? Er verkroch sich in das finsterste Dickicht des Dschungels und war traurig.

Immer, wenn die anderen Löwen Jagdbeute gemacht hatten, bekam der dreibeinige Löwe etwas davon ab. Aber erst, wenn alle anderen satt waren. Er durfte nur von den Resten fressen, weil er mit drei Beinen eigentlich kein richtiger Löwe war.

Eines Tages aber, in der Trockenzeit, war die Beute so knapp, dass es kaum für die anderen reichte. Der dreibeinige Löwe wurde fortgejagt.«

Marion hörte mit offenem Mund zu. Sie wagte nicht einmal zu schlucken, aus Angst, sie könnte Kambu unterbrechen und die Geschichte dann nicht zu Ende hören. Kambu erzählte weiter:

»Da der dreibeinige Löwe aber nicht verhungern wollte, musste ihm irgendetwas Kluges einfallen. Und ihm fiel etwas ein!«

Kambu unterbrach seine Geschichte, wandte sich kurz um und trank einen Schluck aus dem Wasserschälchen, das Marion ihm hingestellt hatte.

Marion war gespannt wie ein Flitzebogen. »Erzähl!«, trieb sie das Chamäleon an.

»Ich bekomme Hunger!«, protestierte Kambu und sah mit großem Appetit auf die Banane, die neben dem Wasserschälchen lag.

»Erst die Geschichte!«, machte Marion ihm klar und schnappte sich die Banane. Kambu seufzte und fuhr endlich fort zu erzählen:

»›Wenn ich nicht laufen kann‹, sagte sich der Löwe, ›dann

muss ich die Beute eben dann packen, wenn sie auch nicht läuft.‹ So einfach war die Lösung. Du weißt ja, die Löwen jagen, indem sie ihre Beute mit einem ganzen Rudel in die Enge treiben, so lange, bis das Beutetier erschöpft ist und nicht mehr weglaufen kann. Dann schlägt das Rudel zu.

Unser dreibeiniger Löwe aber war allein und konnte nicht laufen. Also änderte er seine Jagdtechnik. Er begann die Beutetiere heimlich zu beobachten. Er studierte ihre Verhaltensweisen: nach dem Trinken, nach dem Essen, wann und wo sie schlafen und so weiter. Nach einer Woche – der Löwe war schon halb verhungert – war es so weit. Er wagte seine erste Jagd. Er verkroch sich in ein Gebüsch auf der Route, die eine kleine Antilope seit einer Woche jeden Tag gegangen war. Der Löwe wusste ganz genau, wann die Antilope an dem Gebüsch vorbeikommen würde. Und er hatte Recht. Genau im richtigen Augenblick sprang er mit seinem einzigen Hinterbein los, griff sich mit den beiden Vordertatzen die Antilope und hatte sie sofort im Griff. Der Löwe war so glücklich über seinen Erfolg, dass er diese Methode immer weiter verbesserte. Nach nur einem Monat war er so perfekt darin, dass er jedes beliebige Beutetier zu fassen bekam.

Die Trockenzeit aber wurde immer schlimmer und alle Tiere immer schwächer, auch die anderen Löwen. Das führte dazu, dass nach zwei Monaten der dreibeinige Löwe der Einzige war, der genug zum Fressen hatte.

Es ist klar, wie die Geschichte ausging: Er lud die anderen hungrigen Löwen zum Festmahl ein und wurde der Held der Löwensippe in der Trockenzeit!«

»Eine schöne Geschichte«, fand Marion.

»Ja, für die Löwen«, schränkte Kambu ein. »Die Antilopen aber erzählen sie sich als Horrorgeschichte, damit die jungen Antilopen sogar noch im Traum wachsam sind.«

Trotzdem fand Marion die Geschichte wunderbar und sie beschloss, dass sie ab sofort wie der dreibeinige Löwe sein wollte. Und sie wusste auch schon, wie.

Marion gewinnt einen Freund

Marion sah aufmerksam nach vorne. Ihre Lehrerin fasste für alle noch einmal kurz zusammen, was sie in der vergangenen Stunde gelernt hatten. Marion konzentrierte sich. Heute wollte sie sein wie der dreibeinige Löwe und sie hatte schon einen Plan.

Sie sah hinüber zu Tobias. Schon oft hatte sie bemerkt, dass der kleine Tobias sie genau beobachtete, wenn sie versuchte in der Klasse etwas zu sagen. Aber Marion hatte ihn nie weiter beachtet. Zu sehr hatte sie sich jedes Mal geärgert, wenn wieder eines der anderen Kinder ihre Antwort vorwegnahm, bevor sie sich verständlich machen konnte. Heute aber wollte Marion ein Experiment mit Tobias wagen. Gespannt wartete sie, bis die Lehrerin mit dem neuen Thema begann.

Marion ruckelte aufgeregt auf ihrem Stuhl hin und her. Bei der ersten Frage wollte sie es sein, die sich zuerst meldete. Sie passte auf wie eine Kandidatin im Fernsehquiz. Sie musste unbedingt die Erste sein, damit sie auch wirklich drankam.

»Unser heutiges Thema ist das Klima in Afrika«, begann die Lehrerin. »Wir fangen mal ganz einfach mit dem Winter an. Wer von euch hat schon einmal gehört, wie das in Afrika heißt?«

Marion wusste die Antwort. Sofort schnellte ihr Finger nach oben. Ängstlich sah sie sich um. War ihr jemand zuvorgekommen? Nein, sie war die Erste. Erst jetzt gingen ein zweiter, dritter und ein vierter Finger nach oben.

»Na, Marion, du warst aber schnell. Also, was sagst du?«, fragte die Lehrerin, räusperte sich, wurde etwas rot an den Ohren und sagte weiter: »Oh, Entschuldigung. Ich wollte sagen: Was MEINST du?«

Blöde Ziege!, dachte Marion. *Auch mich kann man ruhig fragen, was ich SAGE, auch wenn ich nicht sprechen kann.*

Aber jetzt war es egal. Es gab Wichtigeres zu tun. Marion öffnete betont langsam den Mund, während sie zu Tobias hinübersah. Genau, wie sie sich gedacht hatte! Er beobachtete sie wieder haargenau. Marion wandte ihren Kopf von der Lehrerin ab und drehte ihn in Tobias' Richtung. Ganz langsam, mit deutlichen Lippenbewegungen formte sie die einzelnen Silben des Lösungswortes: RE–GEN–ZEIT.

»Wie bitte?«, seufzte die Lehrerin. »Marion, wenn du den Kopf wegdrehst, kann ich dich überhaupt nicht verstehen.«

Oliver stöhnte laut auf. Aber diesmal konnte er die Antwort nicht vorsagen, weil er sie nicht wusste.

Marion achtete nicht auf die Worte der Lehrerin.

Komm schon!, dachte sie. *Los, Tobias, ich weiß, du kannst es: Lies mir das Wort von den Lippen ab!* Sie wiederholte die Mundbewegungen: RE–GEN–ZEIT.

Tobias wurde aufmerksam, setzte sich gerade hin und sah noch intensiver zu Marion hinüber.

Ja, du bist gemeint, dachte Marion. *Los, mach!* Und formte noch einmal das Wort: RE-GEN-ZEIT!

»Marion, was ist? Schau mich an bei deiner Antwort. Ich verstehe dich nicht!«, forderte die Lehrerin. Die anderen

Kinder begannen laut mit den Fingern zu schnippen. Marion gab Tobias ein Zeichen, indem sie mit dem Kopf nickte: *Los, sag es ihr! Du kannst es doch!* RE–GEN–ZEIT!

»Also, dann nicht«, resignierte die Lehrerin.

Tobias sah abwechselnd zu Marion, zur Lehrerin und wieder zu Marion.

»Halt!«, rief er plötzlich. »Regenzeit!«

Die Lehrerin schoss herum und schaute zu Tobias.

»Richtig, Tobias. Aber du sollst doch nicht vorsagen!«

»Ich habe nicht vorgesagt«, stellte Tobias klar. »Ich habe es gar nicht gewusst. Marion hat Regenzeit gesagt. Ich habe es von ihrem Mund abgelesen.«

Die Lehrerin sah Tobias verblüfft an. »Du kannst von den Lippen ablesen?«, fragte sie erstaunt.

»Eigentlich nicht«, gab Tobias zu. »Aber das habe ich verstanden.«

Marion ließ sich erleichtert in den Stuhl zurückfallen. *Er hat es getan! Geschafft!* Der erste Teil des Planes war aufgegangen!

Die Lehrerin runzelte verwirrt die Stirn, gab sich einen Ruck und machte weiter mit dem Unterricht.

Marion strahlte zu Tobias hinüber und streckte ihren Daumen in die Höhe: *Toll gemacht, Tobias!*

Tobias sah das Zeichen, lächelte kurz und wandte sich verlegen ab.

In der Pause tippte Marion Tobias auf die Schulter. Sie streckte ihm lächelnd ihre Hand entgegen und Tobias schlug ein. Doch bevor er seine Hand wieder lösen konnte, zog Marion ihn dicht zu sich heran. Sie ließ seine Hand los, packte ihn mit beiden Händen am Kopf und drehte seinen Blick genau auf ihren Mund: EIN GE-HEIM-NIS, sagte sie.

Tobias wich einen halben Schritt zurück ohne seinen Blick von Marions Mund abzuwenden.

»Noch mal!«, forderte er. »Ich habe es nicht verstanden.«

Marion wiederholte.

»Ein Geheimnis?«, brüllte Tobias.

Blitzartig legte Marion ihren Zeigefinger auf seinen Mund. »Sch!«, machte sie.

Tobias verstummte, blickte sich vorsichtig um und flüsterte: »Ein Geheimnis?«

Marion nickte, nahm Tobias wieder bei der Hand und zog ihn mit sich hinter den Schulpavillon. Dort waren sie beide allein.

Tobias wandte sich ein wenig ängstlich um. Er wollte nicht feige sein, aber immerhin war er der Kleinste, Schmächtigste und Jüngste in der Klasse. Marion war gut ein Jahr älter als er und wirkte vor allem schon sehr viel größer. Ihm war etwas mulmig zu Mute. Fragend blickte er in Marions Gesicht. Was hatte sie mit ihm vor?

Marion tippte mit einem kleinen Stock auf den Boden und begann etwas in den Sand zu schreiben. Tobias verfolgte ihren Schriftzug aufmerksam. Schließlich las er: »Zeichensprache?«

Marion nickte.

Tobias überlegte. Dann wusste er, was gemeint war: »Du willst mir die Zeichensprache beibringen?«

Marion nickte wiederum. Das war der nächste Teil ihres Planes: Sie wollte Tobias die Gebärdensprache lehren; jene Sprache also, die mit Händen, Körper und Gesichtsausdruck geführt wird, wie sie es selbst früher in der Sonderschule für Taubstumme gelernt hatte.

»Ja, aber wieso?«, fragte Tobias nach.

Marion schnappte sich wieder Tobias' Kopf, drehte ihn zu ihrem Mund und sagte: UN-SE-RE GE-HEIM-SPRA-CHE.

»Unsere Geheimsprache?«, brüllte Tobias und wieder hielt Marion ihm mit einem zischenden Geräusch den Mund zu.

Tobias zitterte vor Aufregung. »Unsere Geheimsprache«, flüsterte er.

Marion lächelte ihn an.

»Oh, ja!«, flüsterte Tobias. »Unsere Geheimsprache!«

Marion hob ihren Arm, zeigte auf ihre Uhr und machte Tobias deutlich, dass sie sich noch an diesem Nachmittag um drei Uhr genau an dieser Stelle treffen würden. Dann schnappte sie sich ein drittes Mal den Kopf von Tobias, aber diesmal nicht um ihm etwas zu sagen. Stattdessen drückte sie ihm einen dicken Kuss auf den Mund. Der erste Kuss von einem Mädchen. Er schluckte zweimal, bekam einen puterroten Kopf und staunte Marion hinterher, die schon längst durch die Büsche zum Schulhof verschwunden war.

»Toll!«, freute sich Kambu, als Marion ihr Erlebnis berichtete. »Vielleicht wird Tobias dein erster neuer Freund.«

Marion widersprach. »Mein erster neuer Freund bist du.«

Kambu fühlte sich geschmeichelt. Er wäre glatt errötet, wenn er sich hätte verfärben können. Doch dann wurde er schnell ernst. »Es ist schön, dass wir Freunde sind«, begann er vorsichtig. »Aber es wird nicht für ewig sein.«

Marion verzog das Gesicht.

Kambu blickte sie mit beiden Augen zugleich an.

Das hat nichts Gutes zu bedeuten, dachte Marion. Seit sie ihn kannte, hatte er sie noch nie mit beiden Augen gleichzeitig angesehen. Wenn ein Auge zu ihr blickte, war das andere in Bewegung, schnellte von oben nach unten, von vorn nach hinten. So hatte Kambu immer einen großen Teil des Raumes im Blick, während er Marion anschaute.

»Ich muss wieder nach Hause«, sagte Kambu schließlich. »Ich gehöre hier nicht her. Eigentlich wollte ich gleich wieder zurück. Es hat nur nicht geklappt. Irgendwie muss ich wieder zurück. Wie Bimbala.«

Marion musste kräftig schlucken. Sie spürte, dass ihr die Augen feucht wurden. Sollte sie ihren gerade neu gewonnenen Freund wieder verlieren? Aber er hatte Recht. Seine Heimat war Afrika, nicht das kalte Deutschland. In den Zoo sollte Kambu nicht und Marion konnte nicht ewig geheim halten, dass ein Chamäleon bei ihr wohnte.

Marion gab sich einen Ruck, biss sich auf die Zähne und gab einen feierlichen Schwur ab.

»Ich werde dafür sorgen, dass du zurück nach Afrika kommst!«, versprach sie Kambu.

Dann drehte sie sich schnell um und lief aus dem Zimmer um ihre Tränen zu verbergen.

Außerdem war es schon fast drei Uhr. Sie musste ihre Verabredung mit Tobias einhalten. Wenn schon Kambu nicht bleiben konnte, sollte wenigstens Tobias ihr nicht als Freund verloren gehen, bevor er überhaupt gewonnen war.

»Was ist denn das für eine Geheimsprache, die du mir zeigen willst?«, fragte Tobias sofort, nachdem sich beide begrüßt hatten.

Marion erklärte ihm, dass es sich um die Gebärdensprache für Taubstumme handelte.

»Gebärdensprache?« Davon hatte Tobias noch nie etwas gehört. »Und wieso für Taubstumme? Ich kann hören und sprechen. Und du kannst auch hören.«

Marion stimmte ihm zu. Trotzdem: Weil sie nicht sprechen konnte, blieb ihr nichts anderes übrig als sich wie eine Taubstumme zu unterhalten. Sie hatte nur den Vorteil, dass sie nicht taub war. Trotzdem musste sie lange Zeit auf der Sonderschule verbringen, ehe es ihrer Mutter gelang, sie aus der »stillen Schule«, in der niemand sprach, herauszuholen und auf die »normale« Schule zu schicken.

»Aber so eine Gebärdensprache ist bestimmt sehr schwer«, befürchtete Tobias.

Marion lachte und meinte, manches könne er sogar schon.

Tobias staunte: »Ich? Wieso kann ich die Gebärdensprache für Taubstumme?«

Marion verzog böse das Gesicht, ballte die Faust und schob sie Tobias langsam unters Kinn.

Tobias schrak zurück. »Was ist denn?«, stammelte er ängstlich. »Warum bist du denn plötzlich so sauer?«

Marion grinste, zog Block und Stift aus der Hosentasche und schrieb aufs Papier:

Das war das 1. Beispiel der Gebärdensprache.
Es hieß: Ich bin wütend.
Und du hast es verstanden!!!

»Ach so!« Tobias atmete auf.

Marion setzte ihre Lehrstunde fort, die begonnen hatte, ohne dass Tobias es so richtig mitbekommen hatte. Mit dem Daumen und dem Zeigefinger der rechten Hand formte sie einen Kreis und streckte Tobias die Hand entgegen.

»Das kenne ich!«, freute Tobias sich. »Das heißt: alles in Ordnung oder ganz toll, super, spitze. Das machen die manchmal in Krimis, wenn die Einbrecher nicht reden dürfen, oder auch auf dem Sportplatz über weite Entfernungen.«

Marion war froh, dass Tobias so schnell begriff. Sie legte den Mittelfinger oben auf den Zeigefinger, so dass die beiden Finger gekreuzt übereinander lagen.

»Das ist doch *klipp,* Pause beim Fangenspielen.«

Marion bestätigte es und erklärte ihm, dass es eine ganze Reihe solcher Gebärden gibt, die alle Menschen, also auch die, die hören und sprechen können, verwenden.

»Stimmt!«, gab Tobias ihr Recht. Und jetzt, wo er darüber nachdachte, fielen ihm auch eine Menge solcher Gebärden ein. »Wenn man die Hände faltet, weiß man immer, dass einer betet«, zählte er auf, »oder wenn sich einer mit der Hand bekreuzigt, wie die argentinischen Fußballspieler immer vor dem Spiel!«

Marion ergänzte die Liste: Sich den Zeigefinger an die Stirn tippen heißt, jemand spinnt, die gefalteten Hände an die Wange gelegt bedeutet, dass man müde ist.

Tobias war begeistert von der Lehrstunde. Immer wieder

fielen ihm Beispiele für die Gebärdensprache ein: »Haareraufen, wenn man verzweifelt ist; Herausstrecken der Zunge, wenn man jemanden doof findet; oder Händeklatschen im Theater. Da wissen die Schauspieler sofort, dass einem das Stück gefallen hat.«

Tobias war verblüfft. Es gab so ungeheuer vieles, wo sich Menschen miteinander verständigten ohne auch nur ein einziges Wort zu sprechen. Noch nie war ihm das aufgefallen. Aber jetzt, da Marion ihn darauf aufmerksam gemacht hatte, fiel ihm ein Beispiel nach dem anderen ein. Nachdenklich kratzte er sich am Kopf.

»Auch eine Gebärde«, zeigte Marion an.

»Da braucht man ja fast keine Sprache mehr«, fand Tobias schließlich.

»Zumindest wir beide nicht!«, zeigte Marion. Den Rest schrieb sie auf:

Wir verstehen die Sprache, die nicht gesprochen wird.
Man muss nur hinschauen.
Ab heute lernen wir jeden Tag.
Du wirst sehen, wie schnell du die Sprache lernst.

»Ist gut«, stimmte Tobias zu. »Aber morgen kann ich nicht. Morgen Nachmittag gehe ich mit meinen Eltern in den Zoo. Dort wurde ein Nashornbaby geboren. Das möchte ich sehen. Und außerdem haben sie eine neue Vogelspinne. Stand heute in der Zeitung.«

Marion und Tobias verabredeten sich also für den übernächsten Tag. Marion war sehr glücklich. Ihr Plan funktionierte. Schon bald würde Tobias die Gebärdensprache gelernt haben. Dann hatte sie den ersten Freund in der Schule, mit dem sie sich problemlos unterhalten konnte. Fröhlich hüpfte Marion nach Hause und erzählte Kambu sofort von ihrem Erfolg.

»Das hast du wirklich gut gemacht«, lobte Kambu. »Wenn ihr jeden Tag lernt, kann dieser Tobias bestimmt sehr bald alles von dir verstehen.«

»Ja«, sagte Marion stumm. »Aber leider erst ab übermorgen. Morgen geht er in den Zoo, weil es dort ein neues Nashornbaby gibt und eine neue Vogelspinne.«

»Was?«, schrie Kambu los. Es hörte sich beinahe an wie das Krächzen eines Papageien. »Eine neue Vogelspinne?«

Marion nickte. »Ja, wieso?«

»Bimbala!«, kreischte Kambu. »Sie haben Bimbala erwischt!«

»Du meinst, die neue Vogelspinne ist Bimbala? Daran habe ich überhaupt nicht gedacht. Warte!«

Marion lief ins Wohnzimmer und kramte in Omas Zeitungsständer herum. Tobias hatte doch gesagt, es hätte in der Zeitung gestanden. Hoffentlich lasen seine Eltern das gleiche Blatt wie ihre Oma. Es gab ja nur zwei große Tageszeitungen in der Stadt und mindestens eine von beiden las eigentlich jeder.

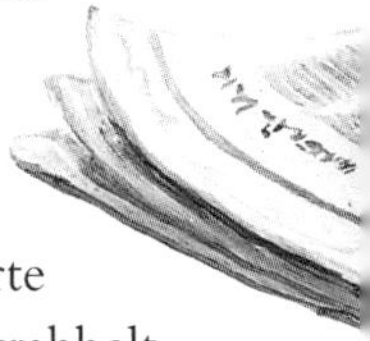

Marion zupfte die Zeitung aus dem Ständer, rannte zurück ins Zimmer zu Kambu, warf die Zeitung auf den Fußboden und blätterte wild darin herum. Langsam kam Kambu hinzugekrabbelt. Marion blätterte weiter. Seite 2 und 3 – nichts, Seite 4 und 5 – auch nichts, Seite 6 und 7 …

»Da!«, schrie Kambu. »Das ist Bimbala!«

Oben rechts auf der Seite 7 war ein kleines Foto einer

Vogelspinne abgebildet. Links daneben stand in dicken, schwarzen Buchstaben die Frage: *»Wie kommt diese Vogelspinne in den Wald?«* Darunter stand ein kleiner Artikel, in dem geschildert wurde, wie ein älteres Ehepaar während eines Waldspaziergangs plötzlich eine Vogelspinne entdeckte. Schreiend riefen die beiden um Hilfe. Schließlich wurde die Feuerwehr gerufen, die Vogelspinne eingefangen und in den Zoo gebracht. Die Tierwärter im Zoo tauften die Spinne auf den Namen »Hänsel«.

»Hänsel?«, gluckste Kambu entsetzt. »Wieso denn Hänsel?«

»Ach«, antwortete Marion. »Bei uns gibt es ein Märchen: ›Hänsel und Gretel‹. Das sind zwei Kinder, Hänsel ist der Bruder, Gretel die Schwester. Die haben sich im Wald verlaufen. Bestimmt deshalb.«

»Aber Bimbala ist ein Weibchen!«, schimpfte Kambu.

»Oh!«, machte Marion. »Das haben die im Zoo wohl nicht gewusst.«

»Männchen und Weibchen zu unterscheiden? Na hör mal!«, schimpfte Kambu.

Darauf wusste Marion nichts zu antworten.

Vielleicht fanden die Leute im Zoo es auch nicht so schlimm, einem Weibchen einen männlichen Namen zu geben. Es handelt sich schließlich nur um eine Spinne, dachte sie bei sich.

»Ich muss ihr helfen«, sagte Kambu fest entschlossen. »Marion, wir müssen Bimbala aus dem Zoo herausholen.«

»Wie sollen wir denn das machen?«, fragte Marion und merkte, dass sie jetzt schon zwei Probleme am Hals hatte: Erstens hatte sie versprochen, dass Kambu zurück nach Afrika kommen würde. Und jetzt sollte sie auch noch eine Vogelspinne aus dem Zoo befreien. Marion war ratlos.

Kambu spürte das. »Aber ein Gutes hat die Geschichte«, versuchte er Marion aufzubauen. »Meine Rückreise nach Afrika ist verschoben. Ohne Bimbala fahre ich nicht.«

Aber Marion wusste in diesem Moment nicht so richtig, ob das eine gute oder eine schlechte Nachricht war.

Oliver hat ein Geheimnis

Auch für Oliver verlief der Nachmittag alles andere als langweilig. Dabei hatte es zuerst sehr düster ausgesehen, wie jeden Donnerstagnachmittag. Denn donnerstags war Klavierstunde!

Oliver hasste Klavierspielen. Wochenlang hatte er mit seinen Eltern gestritten, versucht ihnen klarzumachen, dass ihn nichts auf der Welt weniger interessierte als ausgerechnet auf solch einem blöden Instrument herumzuklimpern. Aber seine Eltern blieben unnachgiebig, drohten ihm schließlich mit Entzug des Taschengeldes, das bei Oliver ganz erhebliche Dimensionen einnahm, und schließlich hatte Oliver klein beigegeben und sich der Entscheidung gebeugt.

Seit zwei Jahren schleppte er sich Donnerstag für Donnerstag zu seinem Musiklehrer. Jedenfalls meistens. An manchen besonders schönen Tagen schwänzte Oliver auch mal den Musikunterricht, wie heute.

Zu der Zeit, als seine Mutter ihn bei der Klavierstunde wähnte, schlenderte Oliver durch den nahe gelegenen Stadtpark. Er setzte sich auf die große Wiese und beobachtete einige erwachsene Männer, die sich zum Fußballspielen getroffen hatten. Besonders der schwarze Außenstürmer gefiel ihm. *Wie ein Brasilianer,* schwärmte Oliver und dachte für einen Moment daran, wie gern auch er in einem Fußballverein mitmachen würde. Aber natürlich waren seine Eltern dagegen.

»Das ist kein Sport für Jungen aus gutem Hause«, hatte ihm seine Mutter zu erklären versucht.

»Ständig aufgeschrammte Beine und blaue Flecken. Noch dazu der Umgang! Selbst die großen Stars im Fernsehen sind doch hirnlose Idioten!«, hatte sein Vater ergänzt und damit war das Thema erledigt. Oliver sollte Tennis spielen. Als ob alle Tennischampions zur geistigen Elite zählen würden! Immerhin hatte Oliver es geschafft, sich in dieser Frage zumindest teilweise durchzusetzen. Er brauchte nicht Tennis zu spielen. Fußball aber war ihm trotzdem verboten.

Oliver schaute bewundernd zu, wie »der Brasilianer« zwei Gegenspieler ausspielte, zu einem enormen Spurt ansetzte, noch einmal einen flinken Haken schlug, um auch den letzten Verteidiger noch zu umspielen, und dann mit dem linken Fuß aufs Tor schoss. Im letzten Moment hechtete noch ein Gegenspieler dazwischen und fälschte den Ball ab. Im hohen Bogen sauste er über Oliver hinweg und hinter ihm ins Gebüsch.

Oliver sprang auf. »Ich hole ihn!«, schrie er. *Wer weiß,* dachte er, *wenn ich denen einige Male den Ball hole, lassen sie mich vielleicht mitspielen?*

Oliver schob die dicken Zweige eines dichten Rhododendronbusches beiseite und schlüpfte ins Dickicht des Gestrüpps. Er sah sich nach dem Ball um, als er neben sich plötzlich ein leises Fiepen hörte.

Oliver fuhr innerlich zusammen. *Hoffentlich keine Ratte oder so was,* schoss es ihm durch den Kopf.

Vorsichtig wandte Oliver sich um und ging einen Schritt in Richtung des Geräusches. Er blieb abrupt stehen. Vor ihm kauerte ein kleines, abgemagertes Wesen mit spitzer

Schnauze, spitzen Ohren und rötlichem Fell. *Ein Fuchs!*, staunte Oliver.

Zitternd kauerte der kleine Fuchs auf dem Erdboden. Zum Fortlaufen war er offensichtlich zu schwach. Direkt vor ihm lag der große Lederball. *Der muss sich ja zu Tode erschrocken haben,* dachte Oliver.

»Was ist, Kleiner, hast du ihn?«, hörte Oliver von außen jemanden rufen. Oliver sah sich um und sah nicht mehr als ein Paar verschmutzte Fußballerbeine.

»Ja, er ist hier!«, antwortete er, griff vorsichtig nach dem Ball, wobei er einige beruhigende Worte zu dem Fuchs sprach um ihn nicht noch mehr zu erschrecken, und rollte den Ball durchs Gebüsch nach draußen.

»Danke, Kleiner!«, kam es von dort. Die Beine verschwanden mit dem Ball.

Oliver blieb vor dem Fuchs hocken. Er sah ihm in die traurigen Augen. »Wie kommst du bloß hierher?«, fragte sich Oliver im Flüsterton. »Ich wette, du hast seit Tagen nichts gegessen.«

Oliver überlegte nicht lange. Ihm war sonnenklar, dass er dem Tier helfen musste. Aber wie?

Für einen Moment dachte er daran, den Fuchs mit nach Hause zu nehmen, verwarf den Gedanken aber sofort. Er konnte sich sehr gut vorstellen, welch ein Theater seine Eltern machen würden, wenn er mit einem herumstreunenden Fuchs nach Hause kommen würde. Ein hysterischer Schrei seiner Mutter würde die Wände ihrer Villa erschüttern und sein Vater würde ihm wie immer auf logische, vernünftige, sachliche Weise erklären, warum der Fuchs sofort wieder weggeschafft werden musste. Und wie immer würde Oliver nicht ein einziges dieser logischen, vernünftigen, sachlichen Argumente überzeugen, die allesamt doch nur darauf hinausliefen, dass er genau das nicht tun durfte, was er so gern getan hätte.

Oliver verzog säuerlich das Gesicht. Es war schon sehr merkwürdig, dass ausgerechnet er niemals tun durfte, was ihm Spaß machte. Schließlich war sein Vater niemand Geringerer als ein anerkannter Professor an der städtischen Universität – Professor der Pädagogik! Oliver hatte sich manches Mal gefragt, was die Studenten des Herrn Professor für Erziehungswissenschaften wohl sagen würden, wenn sie eine Ahnung hätten, wie es bei ihnen zu Hause zuging.

Oliver schüttelte den Gedanken ab. Nein, nach Hause konnte er den Fuchs auf gar keinen Fall mitnehmen. Aber dalassen ging auch nicht. Oliver rutschte auf den Knien ein Stück näher an den Fuchs heran, der ängstlich zurückwich.

»Ist ja gut«, versuchte Oliver ihn zu beruhigen. »Ich werde dir schon helfen.« Langsam, ganz langsam streckte Oliver seine rechte Hand vor. Der Fuchs duckte sich und zitterte noch schlimmer als vorher. Oliver verharrte mit ausgestrecktem Arm.

»Ich bin Oliver«, flüsterte Oliver. »Und wer bist du?«

Er schob seine Hand wenige Zentimeter vor. Der Fuchs verfolgte die Bewegung mit wachen Augen, rührte sich aber nicht. Nur das Zittern blieb.

»Ich müsste deine Sprache sprechen.« Oliver redete leise auf den Fuchs ein. »Ich müsste deine Sprache sprechen, dann könnte ich dir sagen, dass ich dein Freund bin. So wie Dr. Doolittle oder wie Tarzan. Den haben auch alle Tiere verstanden.« Wieder schob sich seine Hand einige Zentimeter vor. Da streckte ihm der Fuchs seine Schnauze Millimeter um Millimeter entgegen und schnupperte an seiner Hand.

»Wie Tarzan oder Dr. Doolittle«, wiederholte Oliver. »Genau, das ist dein Name: Tardo! Tar wie Tarzan und do wie Doolittle. Hallo, Tardo, wie gefällt dir der Name?«

Der Name gefiel dem Fuchs offensichtlich gut, denn nun ließ er sich anfassen. Ganz zart streichelte Oliver dem kleinen Fuchs übers Fell. Allmählich ließ das Zittern nach. Der Fuchs senkte etwas den Kopf und schloss die Augen.

»So ist es fein«, flüsterte Oliver. »Wir zwei werden Freunde.«

Er machte eine Pause, rutschte etwas näher an den Fuchs heran und nahm ihn auf den Arm. Der Fuchs schmiegte sich sogleich an den warmen Körper des Menschen.

»Weißt du was, Tardo?«, begann Oliver nach einer weiteren langen Pause. »Du bist der erste Freund, den ich habe.«

Eine Träne purzelte Oliver aus dem Auge, rann ihm über die Wange und plumpste dem Fuchs auf den Kopf, der nur kurz aufsah um zu prüfen, ob es jetzt regnete. »Und jetzt weiß ich auch schon, wo dein neues Zuhause sein wird!«

Bimbala geht es schlecht

»Bitte einmal Kind«, stand auf dem Zettel, den Marion der Frau im Kassenhäuschen des Zoos hinüberschob. Die Frau las den Zettel, beugte sich ein wenig vor, sah mitleidig auf Marion hinab und fragte: »Kannst du nicht sprechen?«

Marion verneinte.

»Du armes Kind«, sagte die Frau. »Das tut mir Leid.«

Marion hasste dieses ewige Mitleid.

»Macht drei Euro«, sagte die Frau. Marion suchte in ihrem Portemonnaie nach dem Geld.

Kaum war sie einige Meter vom Kassenhäuschen entfernt, als Kambu mit seiner Frage herausplatzte.

»Was sind denn drei Euro?«, wollte er wissen.

Ein Zoobesucher drehte sich erstaunt nach Marion um, weil er dachte, sie redete mit sich selbst. Marion versteckte sich schnell hinter dem nächsten Busch und guckte unter ihren Pullover.

»Bist du verrückt?«, schimpfte sie mit Kambu, indem sie nur die Lippen bewegte. »Sei bloß nicht so vorlaut! Sonst entdecken sie uns noch.«

»'tschuldigung«, sagte Kambu, wobei er wieder so lustig lispelte, dass Marion lachen musste.

Sie überlegte, wie sie Kambu verständlich machen konnte, was drei Euro sind. Sie erklärte ihm, dass die Tiere im Zoo ja etwas fressen müssen. Außerdem müssen die Gehege gebaut werden, die Tierpfleger bezahlt und so weiter. »Um das alles bezahlen zu können muss jeder Besucher Geld abgeben. Davon können die im Zoo dann wieder Futter für die Tiere kaufen – eben drei Euro.«

Kambu lachte kurz auf. »Das kommt davon, wenn man Tiere gefangen hält«, sagte er entschieden. »Freie Tiere suchen sich ihr Futter selbst.«

Marion zuckte hilflos mit den Schultern. Wie sollte man auch einem Tier den Nutzen des Geldes erklären? »Jetzt gehen wir zum Terrarium. Dort müsste Bimbala sein«, zeigte sie Kambu an. Damit war die Diskussion beendet.

»Darf ich ein bisschen hinausgucken?«, fragte Kambu unter ihrem Pullover hervor.

Marion schaute sich vorsichtig um. Der Zoo war nicht besonders gut besucht. Werktags war hier selten etwas los. Aber sie wusste von Tobias, dass es dieses neue Nashornbaby gab. Da war es gut möglich, dass mehr Besucher als üblich kamen.

»Es ist zu gefährlich«, machte sie Kambu klar. »Zum Terrarium ist es nicht sehr weit«, tröstete sie ihn.

»Ich habe eine Idee«, antwortete Kambu. »Deine komische Mütze hat da vorne ein Netz.«

Marion guckte Kambu kritisch an. »Komische Mütze? Das ist eine echte US-Baseballmütze«, erklärte sie. »Das Netz ist zur Belüftung, weil es ja eine Sportmütze ist. Und das ist nicht vorne, sondern hinten. Ich habe sie nur verkehrt herum auf.«

Kambu stutzte. »Warum setzt du sie dann nicht richtig herum auf?«, wollte er wissen.

Marion lachte. »Weil verkehrt herum richtig ist. Das trägt man so.«

»Ihr seid komisch hier in Deutschland«, fand Kambu. »Auf jeden Fall könnte ich mich richtig herum unter deine verkehrte Mütze setzen und durchs Netz schauen.«

»Aber dann kannst du mich nicht mehr verstehen, weil du meine Lippen nicht siehst«, bemerkte Marion.

Kambu überlegte. »Aber ich kann deine Hände sehen«, antwortete er schließlich.

»Du kannst die Gebärdensprache?«, wunderte sich Marion mit den Händen. Wenn sie jemand beobachtet hätte, hätte er sicher nicht schlecht gestaunt, wie da ein einsames Mädchen heftig mit den Händen gestikulierte.

»Ich kann alle Sprachen«, sagte Kambu. »Und Gebärdensprache ist auch eine Sprache.«

Marion versteckte sich hinter einem Busch und nahm Kambu unter dem Pullover hervor. Nachdem sie sich noch einmal vergewissert hatte, dass niemand sie beobachtete, nahm sie mit der anderen Hand die Baseballmütze ab, setzte sich das Chamäleon auf den Kopf und stülpte die Mütze darüber.

»Alles klar?«, fragte Marion.

Keine Antwort.

Marion fiel ein, dass Kambu ja jetzt ihre Lippen nicht sehen konnte, und streckte den Daumen ihrer ausgestreckten rechten Hand empor. Kambu sah es.

»Alles klar!«, antwortete er. »Tolle Aussicht von hier oben.«

Marion marschierte den Hauptweg des Zoos entlang und folgte den Schildern, die die Richtung zum Terrarium wiesen. Als sie in den nächsten Weg einbog, kreischte Kambu entsetzlich. Marion blieb erschrocken stehen.

»Sieh nur, die Elefanten!«, schrie Kambu.

Marion sah zu dem Gehege der Elefanten, konnte aber nichts Außergewöhnliches feststellen. Die Elefanten standen in Reih und Glied vor einem tiefen Graben, der ihr Gehege begrenzte. Mit ihren Rüsseln langten sie hinüber zu den Zoobesuchern, die unter großem Gelächter den Elefanten Bananen, Erdnüsse und Äpfel in den Rüssel schoben. Zwischen den Elefanten stand ein Tierwärter mit einem großen Knüppel in der Hand, der darauf achtete, dass die Elefanten nichts fraßen, was sie nicht fressen durften. Aus diesem Grunde mussten die Elefanten dem Wärter ihre Gaben vorzeigen, bevor sie sie in ihr Maul schoben. Es war eine einzige rhythmische Bewegung: mit dem Rüssel eine Banane nehmen, zum Wärter schwenken und vorzeigen, zurückschwenken zum Maul und weg damit. Dadurch wackelten die Elefanten ständig mit den Köpfen: nehmen, schwenken, fressen; nehmen, schwenken, fressen. Die fünf Elefanten nebeneinander wirkten beinahe wie ein Fernsehballett.

»Sieh nur, wie wenig Platz die haben!«, staunte Kambu.

Marion deutete mit den Händen an, dass dies das größte Gehege im gesamten Zoo war.

»Na und?«, schimpfte Kambu weiter. »Weißt du denn nichts von Elefanten?«

Marion schüttelte den Kopf. Kambu krallte sich in Marions Haaren fest um bei dieser kräftigen Verneinung nicht von ihrem Kopf zu fallen. Es zwackte und Marion quiekte auf.

»'tschuldigung«, lispelte Kambu. »Aber sei vorsichtiger, wenn du Nein sagen willst.«

Er lockerte den Griff seiner Hände um Marion nicht länger wehzutun. »Ich habe mal ein Elefantenbaby gekannt. Als es mit seiner Herde bei uns ankam, hatte es gerade einen wahnsinnig langen Marschweg zurückgelegt. Seine Herde wanderte durch die Steppe, von Wasserstelle zu Wasserstelle, immer auf der Suche nach neuen Nahrungsquellen.«

Marion erinnerte sich an ihr Afrikabuch. ›Mehrere Hundert Kilometer legen die Elefanten auf solchen Wegen zurück‹, stand dort.

»Das kann ich dir sagen«, setzte Kambu fort. »Was meinst du, wie es bei uns aussah, nachdem die Herde wieder weg war? Alles niedergetrampelt. Da wuchs so schnell kein Gras mehr. Deshalb müssen die immer weiterziehen. Für mich wäre das ja nichts. Mir reicht immer schon der Weg von meinem Baum zur Bananenplantage! Aber Elefanten sind ständig unterwegs. Nur hier hocken sie in so einem kleinen Gehege und können nirgendwo hingehen.«

Jetzt, wo Kambu das sagte, fand auch Marion, dass die Elefanten eigentlich recht wenig Platz hatten.

Während Kambu mit dem rechten Auge noch auf die wackelnden Elefanten blickte, schaute er mit dem linken Auge hinüber zum gegenüberliegenden Gehege.

»Da, schau nur!«, schrie er.

Marion wandte den Kopf und wusste nicht, was Kambu meinte.

»Der Gepard!«

Marion sah auf einen kleinen Käfig, in dessen Mitte ein einzelner Baum stand. In diesem Baum lag ein wunderschöner, geschmeidiger Gepard auf einem Ast.

»Das ist die schnellste Raubkatze, die ich je gesehen habe. Wenn die hinter einer Antilope herjagt, dann siehst du nur noch Staubwolken.«

Marion nickte. Auch das hatte sie bereits in ihrem Afrikabuch nachgelesen. Geparde erreichen eine Höchstgeschwindigkeit von 120 Stundenkilometern.

»Der hier aber kann nur wenige Schritte gehen. Wenn das Juba sehen würde!«, sagte Kambu mit Blick auf den engen Käfig.

»Juba?«, fragte Marion nach.

»Habe ich dir nie von Juba erzählt? Das ist ein Gepard bei uns zu Hause. Zugegeben, der ist ein bisschen eingebildet. Immer, wenn die Geparde als Gruppe auf Jagd gehen, lässt er den anderen einen großen Vorsprung. Und dann ist er doch immer der Erste, der sich die Antilope schnappt. Wenn der hier eingesperrt wäre, würde er bestimmt verrückt werden.«

Plötzlich hatte Marion eine Idee. Schließlich hatte sie den besten Dolmetscher für alle Tiersprachen der Welt auf dem Kopf und sie konnte ja mit dem Gepard reden!

Kambu sprach den Gepard mit lautem Fauchen an.

Der Gepard hob den Kopf und blickte sich verwirrt um. Wer sprach da seine Sprache? Schließlich war er allein im Käfig und hatte sich schon seit sehr, sehr langer Zeit nicht mehr mit einem anderen Geparden unterhalten können.

Kambu machte unter seiner Baseballmütze noch mal auf sich aufmerksam. Marion verfolgte mit großen Augen den Dialog zwischen Kambu und dem Geparden, der aus Fauchen, Schreien, Miauen und Schnurren bestand.

Zum Glück waren sie allein vor dem Käfig. Alle Besucher, die sie sehen konnte, vergnügten sich mit den Elefanten. Schließlich brach die lautstarke Unterhaltung der beiden ab.

»Oje«, stöhnte Kambu. »Der sitzt hier schon seit drei Jahren auf dem kümmerlichen Baum. Als kleiner Gepard haben sie ihn gefangen, kaum dass er seine erste Antilope selbst gejagt hatte. Er hörte damals nur einen lauten Knall, sagte er. Als er wieder aufwachte, saß er in einer Holzkiste und wurde dann irgendwann hier in diesen Käfig gesetzt.«

Marion verstand nicht sofort. *Betäubungsgewehr,* überlegte sie dann. *Die Jäger in Afrika schießen mit Betäubungspatronen auf die Tiere. Die schlafen sofort ein, die Tiere werden gefangen, nach Europa verschifft und hier an die Zoos verkauft.* Das hatte sie im Fernsehen gesehen.

Marion erzählte Kambu nichts davon. Irgendwie war ihr peinlich, was die Menschen alles mit Tieren anstellten. Bisher war sie immer sehr gerne in den Zoo gegangen. Hier träumte sie am liebsten ihren Traum vom fernen Afrika. Aber jetzt, da sie ihren Freund aus Afrika auf dem Kopf hatte, hatte der Zoo überhaupt nichts Schönes mehr. Mit den Augen ihres Freundes sah sie nur noch eingepferchte Tiere, denen nichts blieb als immer im Kreis zu laufen. Marion sah dem Geparden tief in die Augen und hatte plötzlich das Gefühl, er träume vom fernen Afrika, genau wie sie.

Da fiel ihr Bimbala ein und sie lief los. Kambu konnte sich gerade noch in Marions Haaren festkrallen um nicht vom Kopf zu rutschen. Marion blickte nicht nach links und nicht nach rechts. Sie wollte nur so schnell wie möglich zu Bimbala um wenigstens ihr die Qualen des Zoos zu ersparen.

Keuchend blieb Marion vor dem Eingang des Terrariums stehen.

»Hier muss Bimbala sein«, machte sie Kambu verständlich.

Sie eilte durch die Gänge des Terrariums. Ihr Blick huschte an den einzelnen Glaskästen vorbei – Schlangen, Echsen, Leguane, regungslos im Sand unter roten Lampen, die Hitze spendeten.

Da! Marion blieb vor einem Glaskasten stehen, in dem einige Sträucher lagen. Ansonsten schien er aber leer zu sein.

»Nichts zu sehen«, stellte sie fest.

Aber auf einem Stück Pappe an der Wand neben dem Kasten stand hingekritzelt: »Vogelspinne ›Hänsel‹. Vom Ehepaar Gutberg im hiesigen Wald gefunden.«

»Hallo, Bimbala«, rief Kambu.

Marion wunderte sich.

»Siehst du sie nicht?«, fragte Kambu.

›Vogelspinnen vergraben sich im Sand‹, wusste Marion aus ihrem Afrikabuch. Aber auch im Sand konnte Marion keine Bimbala entdecken. Sie sah nichts als Sträucher.

»Na, dort!«, lachte Kambu. »Unter dem siebten Blatt von oben. Da sitzt sie doch!«

Marion kniff die Augen zusammen, zählte die Blätter der Sträucher ab und sah angestrengt auf die Stelle unter dem siebten Blatt. Nichts.

»Ihr Menschen seid so gut wie blind«, bemerkte Kambu. »Aber Bimbala kann mich so nicht sehen. Du musst die Mütze wegnehmen.«

Marion fand das zu gefährlich. Sie waren nicht die einzigen Besucher im Terrarium. Wenn irgendjemand merkte, dass sie ein Chamäleon auf dem Kopf hatte, würde er denken, sie hätte es gestohlen. Sofort würden die Zoowärter kommen und Kambu gefangen nehmen.

»Ein kleines Risiko müssen wir eingehen«, fand Kambu. »Wenn mich Bimbala nicht sieht, dann kommt sie nicht hervor.«

Das war einleuchtend.

Marion überlegte. Dann nahm sie die Mütze vom Kopf, mit Kambu darin. Sie lehnte sich an die Glasscheibe und legte die Mütze so an die Scheibe, dass die Innenseite der Kappe zum Terrarium zeigte. Auf diese Weise konnte Bimbala im Glaskasten Kambu in der Mütze sehen.

Marion beobachtete wieder den Strauch. War da etwas? Jetzt allmählich sah sie etwas, das vielleicht ein Bein sein konnte. Tatsächlich. Es bewegte sich. Eine dicke, große Vogelspinne kam aus den Sträuchern herangekrochen. Bimbala krabbelte bis vorn an die Glasscheibe heran und tastete sich mit zwei ihrer vorderen Beine an der Scheibe hoch um Kambu zu begrüßen.

Marion machte sehr, sehr lange Ohren. Zu gern wollte sie einer Unterhaltung zwischen einem Chamäleon und einer Vogelspinne lauschen. Aber sie hörte nichts. Volle fünf Minuten stand sie so da und wartete auf Geräusche, auf ein Zischen oder irgendetwas, das man als Unterhaltung hätte wahrnehmen können. Es herrschte Totenstille.

»So, wir können gehen«, sagte Kambu schließlich.

Wozu hatten sie bloß die ganze Gefahr auf sich genommen, wenn Kambu sich nicht einmal mit Bimbala unterhalten hatte?

»Setz mich wieder unter deine Mütze«, sagte Kambu. »Wir haben alles besprochen.«

»Wie habt ihr das denn gemacht?«, fragte Marion aufgeregt mit den Händen, nachdem sie Kambu versteckt hatte. Sie hatte genau aufgepasst, die Ohren gespitzt, aber es war nichts zu hören gewesen. Wie hatten sich die beiden verständigt?

»So, Mädchen. Nun lass mal das Gefuchtel da vor der Glasscheibe!«

Marion fuhr herum. Hinter ihr stand groß und grimmig ein Zoowärter.

»Du machst uns die ganzen Tiere verrückt, wenn du so mit den Händen herumwirbelst vor den Terrarien. Geh lieber raus hier«, sagte der Mann.

Marion war entsetzt. Sie hatte nicht mit den Händen herumgefuchtelt und schon gar keine Tiere verrückt gemacht. Sie hatte in der Gebärdensprache gesprochen. Aber das konnte sie dem Mann leider nicht sagen. Sofort wäre die

Frage nach ihrem Gesprächspartner aufgekommen. Also biss sie sich nur wütend auf die Lippen und lief schnell aus dem Terrarium.

Draußen vor der Ausgangstür fing Kambu an zu lachen. »Ich habe mich mit Bimbala unterhalten und du hast es nicht mitbekommen«, feixte er. »Glaubst du etwa, wir Tiere hätten keine Gebärdensprache? Der größte Teil der Sprache funktioniert bei uns mit Zeigen, Gesten und Gebärden.«

Marion schlug sich vor die Stirn, so dass Kambu erschrocken auf dem Kopf zurückwich. Ausgerechnet Marion hatte die Gebärdensprache übersehen! Sie musste über sich selbst lachen. Kambu lachte fröhlich mit.

Olivers Versteck

Oliver hatte seine Jacke ausgezogen und den Fuchs darin eingewickelt. Nur die kleine, spitze Schnauze ragte aus dem Stoffbündel hervor, das Oliver auf dem Arm trug. Niemand würde den Fuchs erkennen. Das war wichtig, denn Oliver musste ein ganzes Stück fahren, ehe er das Versteck erreicht hatte. Zum Glück war er mit dem Fahrrad da, so konnte er wenigstens den voll besetzten Bus vermeiden.

Oliver kroch aus dem Gebüsch. Draußen sah er sich kurz um. Die Männer waren voll und ganz mit ihrem Fußballspiel beschäftigt. Ein paar Meter neben dem selbst abgesteckten Fußballfeld lag eine Frau, die in ein Buch vertieft war. Etwas weiter abseits stand ein erwachsener Mann mit einem Lenkdrachen hilflos auf der Wiese und wartete auf den Herbstwind. Im August! Niemand beachtete Oliver und das war gut so.

Mit einer Hand richtete er sein Mountainbike auf. Ein Wunder, dass es nicht schon gestohlen war. Immerhin hatte es siebenhundert Euro gekostet und lag schon mehr als fünf Minuten unbeaufsichtigt auf dem Rasen. Oliver wünschte sich in diesem Moment, er hätte sich damals zum Geburtstag doch lieber ein superleichtes Rennrad schenken lassen, denn es war gar nicht so einfach, das schwere Bike mit einer Hand zu halten und aufzusteigen ohne den Fuchs aus dem Arm fallen zu lassen. Mit Geschick und gefährlich wackelnder Lenkstange gelang es Oliver und er fuhr los. Sein Ziel war klar.

Vor gar nicht langer Zeit hatte er wieder einmal den Klavierunterricht geschwänzt. Um sich die Zeit zu vertreiben war er einfach mit dem Rad durch die Gegend gegondelt. Immer weiter, immer weiter, bis er schließlich in einem Stadtteil landete, in dem er noch nie zuvor gewesen war. Niemand schien in diesem Viertel zu wohnen, obwohl es zugebaut war mit roten Backsteinhäusern, neuen, modernen Hochhäusern, Tankstellen und windschiefen Bretterbuden, die einen trotzigen Kontrast zu den Hochhäusern bildeten, als ob sie sagen wollten: *Baut nur, baut nur, uns bekommt ihr hier nicht weg!*

Oliver hatte sich in diesem Viertel genauer umgesehen. In den meisten Bretterbuden waren Autohändler untergebracht, die vor den kargen Buden auf schiefen Sandplätzen klapprige Schrottkarren zum Kauf anboten. In den Hochhäusern lümmelten sich Versicherungen herum, die hoch über dem Stadtteil thronten und unentwegt die Drohung auszustoßen schienen: *Euch kriegen wir auch noch, ihr miesen kleinen Buden. Eines Tages machen wir euch platt!* Zwischen diesen Kampffronten hatten die alten riesigen Backsteingebäude durchgehalten, in denen einige Behörden und die städtischen Wasserwerke gelassen auf Umzug oder Neubau warteten.

Oliver bog von der Hauptstraße ab, die zur Autobahn führte, und radelte eine der Nebenstraßen entlang, vorbei an den Parkplätzen, Kneipen und Imbissstuben der LKW-Fahrer. Auf der rechten Seite machte sich eine Müllsortierungsstelle breit. Oliver fuhr daran vorbei und nahm die übernächste Einfahrt. Ein schmaler Weg mit unglaublich tiefen Schlaglöchern führte auf ein Betriebsgelände mit roten Backsteinhäusern, die allesamt leer standen.

Um zu den Gebäuden zu gelangen musste Oliver durch eine riesengroße Toreinfahrt fahren, in deren Mitte hoch oben an der Decke ein überdimensionaler, schwerer Eisenhaken baumelte. Wie beim ersten Mal huschte Oliver auch diesmal mit mulmigem Gefühl darunter durch. *Wenn der mal runterkracht, wächst hier kein Gras mehr,* dachte Oliver. Aber das tat es ohnehin nicht. Aufgesprungener Asphalt, Sand und Schotter markierten seinen holprigen Weg, der es ihm immer schwerer machte, mit einer Hand das Rad zu halten.

Oliver entschied sich abzusteigen und das Bike zu schieben. Zu seiner Linken ragte hinter der Toreinfahrt eines der Gebäude meterhoch in den Himmel. So weit Oliver nach vorn blicken konnte, nahm das Gebäude kein Ende.

Vor Oliver stand eine große, verrostete Eisentür offen. Oliver lehnte sein Rad an die Hauswand und ging mit vorsichtigen Schritten durch die Eisentür. Er stand in einer leeren Fabrikhalle. Verrostete Wäscheständer, verbogene Gitterwagen, zerbeulte Wannen, Kübel und Tonnen deuteten darauf hin, dass hier einmal eine große Wäscherei gewesen sein musste. Zwei alte Bügelautomaten gammelten noch vor sich hin. In der Mitte des Raumes machte sich eine Wasserpfütze von mindestens fünf Metern Durchmesser breit, obwohl es seit Tagen nicht mehr geregnet hatte. Oliver stellte sich vor, wie groß sie unmittelbar nach dem letzten Regenguss gewesen sein musste. Das war kein Ort für Tardo.

Oliver durchschritt den Raum, der gut und gerne fünfzig Meter lang war, machte dabei einen großen Bogen um die Pfütze und landete am Ende des Raumes wieder an einer Tür.

Vorsichtig drückte er dagegen. Nichts tat sich. Oliver verstärkte den Druck. Immer noch nichts. Oliver stieß mit einem kräftigen Tritt gegen die Tür. Quietschend, schnarrend und kreischend öffnete sie sich um einen Zentimeter. Oliver stemmte sich mit der Schulter gegen die Tür. Sie ratschte auf dem Fußboden, knirschte in den Scharnieren und knartschte in dem Eisenrahmen, aber sie öffnete sich.

Oliver steckte den Kopf in den nächsten Raum und sah in die Dunkelheit. Er tastete an der Wand nach einem Lichtschalter. Zwar konnte er sich nicht vorstellen, dass es in diesen verlassenen Hallen noch Strom gab, aber man konnte es ja mal versuchen.

»Ihhh!« Angewidert zog er seine Hand zurück. Irgendetwas Schleimiges waberte darüber. Er ging ganz in den Raum hinein und blieb einige Minuten ruhig stehen. Allmählich gewöhnten sich seine Augen an die Dunkelheit, seine Umgebung nahm erste Konturen an. In seinem Arm begann Tardo zu zappeln. Oliver sprach beruhigend auf ihn ein. Er mochte ihn mit der schleimigen Hand nicht streicheln. Hilfe suchend sah er sich um, konnte aber noch zu wenig erkennen. Schulterzuckend wischte er sich seine Hand an der Jeans ab und kraulte dem Fuchs den kleinen Kopf. Gleich wurde Tardo ruhiger.

Oliver suchte langsam und systematisch die Wand mit den Augen ab. Endlich erkannte er einen kleinen viereckigen Kasten unmittelbar neben der Tür. Behutsam drückte er darauf und war verblüfft. Tatsächlich wurde es hell im Raum. An der vier bis fünf Meter hohen Decke hingen zahlreiche Glühbirnen, die in schmutzige Glaskuppeln und zusätzliche Gitterrahmen eingefasst waren. Einige brannten tatsächlich noch.

Oliver schüttelte den Kopf. *Die geben den Betrieb auf und melden keinen Strom ab,* wunderte er sich. *Möchte wissen, wer die Rechnung bezahlt.* Ihm war es recht.

Er sah sich den Raum an und wusste nun auch, in welchen Schleim er gefasst hatte. An den Wänden klebten riesige, grün-bräunliche Schimmelflecken. Der Fußboden war feucht, der Raum leer und unheimlich groß.

»Wahnsinn«, murmelte Oliver. »Eine Turnhalle nach der anderen, die hier vor sich hin modert. Und an unserer Schule müssen sich manchmal zwei Klassen eine Halle in der Sportstunde teilen.«

Tardo hatte für derlei Überlegungen nur wenig Verständnis. Er hatte Hunger und begann ungeduldig zu winseln.

»Schon gut«, entschuldigte sich Oliver. »Ist nicht gerade ein First-Class-Hotel. Aber du willst doch nicht ins Tierheim, oder?«

Oliver suchte weiter. Er durchschritt die Halle bis zu einer Tür, die sich in der Seitenwand befand und leicht öffnen ließ. Jetzt stand er in einem kargen, verdreckten Treppenhaus, in dem merkwürdigerweise Licht brannte. Eine Treppe führte nach unten, wohl in einen Keller, eine nach oben. Da es hier im Erdgeschoss schon extrem feucht war, verzichtete Oliver darauf, den Keller zu erkunden. Der würde vermutlich so nass sein, dass jede Tropfsteinhöhle dagegen wie die Wüste Gobi schien.

Oliver bestieg die Treppe nach oben. Im Treppenhaus ein Stockwerk höher blieb er stehen und guckte erstaunt durch eine geöffnete Doppeltür aus Stahl in einen kleinen Raum, etwa drei mal zwei Meter groß. An der linken Wandhälfte befanden sich vier bunte Knöpfe.

»Na so was!«, bemerkte Oliver laut. »Dass ich den vorher nicht gesehen habe!« Er stand vor einem geöffneten Lastenfahrstuhl. Darin waren einige Holzkisten aufgestapelt, von der jede einzelne etwa die Größe eines normalen Fernsehers hatte.

»Wer hat die denn hier stehen lassen?«, fragte sich Oliver laut und wollte sich gerade umdrehen um das erste Stockwerk genauer zu betrachten.

Plötzlich erschallte von irgendwo eine tiefe Stimme: »Ich habe Hunger, Teufel auch!«

Oliver fuhr herum, drehte sich mehrmals um sich selbst und blickte irritiert zwischen Fahrstuhl und Eingangstür des ersten Stockwerks hin und her. Woher kam die Stimme? Er spürte, wie eine Gänsehaut langsam an seinen Armen emporkroch und ihn leicht erzittern ließ.

Tardo begann wieder zu winseln.

»Sch!«, machte Oliver und streichelte ihm über den Kopf.

Diesmal beruhigte sich Tardo nicht. Er begann zu zappeln. Sein Winseln ging über in klagendes Jaulen.

»Halt den Schnabel, alter Gauner!«, meldete sich wieder die Stimme.

Oliver zuckte zusammen. »Wer ist da?«, fragte er leise.

»Teufel auch!«, lautete die prompte Antwort.

Tardo strampelte, zappelte und zuckte, bis Oliver ihn nicht mehr halten konnte. Er sprang aus der kuscheligen Jacke aus Olivers Armen und landete geschickt auf dem kalten Betonfußboden. Die Stimme begann laut und hässlich zu lachen.

Oliver blickte sich ängstlich um, konnte aber nichts erkennen als den Fahrstuhl mit den Kisten, das kahle Treppenhaus und die Eingangstür. *War da jemand hinter der Tür?*

Tardo aber lief sofort zu den Kisten und begann wie verrückt daran zu schnüffeln und zu jaulen.

»Sieh dir das an, Teufel auch!«, rief die Stimme und endete wieder in dem grässlichen, krächzenden Lachen.

Tardo wich einige Schritte zurück und jaulte.

Oliver erstarrte. *Mein Gott, die Stimme kam aus der Kiste! Eindeutig eine Männerstimme! Aber in eine so kleine Kiste passte doch kein Mann!*

Aufgeregt atmend nahm Oliver seinen ganzen Mut zusammen und ging auf die Kisten zu. Er legte sein Ohr an die obere Kiste und fragte: »Hallo? Hallo, ist da jemand drinnen?«

»Halt den Schnabel, alter Gauner!«, antwortete die Stimme aus der Kiste.

Oliver fuhr entsetzt zurück. »Wer bist du? Wie kommst du in die Kiste?«, rief er laut.

»Ene meene miste, jetzt geht's in die Kiste!«, antwortete die Stimme und ließ das krächzende Lachen folgen.

Tardo hatte jetzt auch mehr Mut gefasst und sprang an der Kiste hoch.

»Du hast Recht, Tardo«, entschied Oliver. »Jetzt wollen wir wissen, wer das ist!«

Er kramte in der Hosentasche nach seinem Taschenmesser, klappte es auf und begann die Nägel eines der Bretter zu lösen, mit denen die Kiste zugenagelt war.

»Sieh dir das an, Teufel auch!«, rief die Stimme von innen.

Nach einigen Mühen hatte Oliver die ersten Nägel gelöst, er hebelte mit dem Taschenmesser unter das Brett und riss es mit einer schwungvollen Bewegung von der Kiste. Das Brett machte einen Spalt frei, der breit genug war um in die Kiste zu blicken. Oliver linste hindurch und traute seinen Augen nicht.

»Das gibt es nicht!«, rief er. »Ein Papagei!«

»Teufel auch!«, antwortete der Vogel.

Marion und Kambu schmieden einen Plan

Marion ließ sich freudig erregt unter einer großen Eiche ins Gras plumpsen. Sie blickte sich nach allen Seiten um. Keiner der Stadtparkbesucher schien sich um sie zu kümmern. Marion griff unter ihren Pullover. Kambu kam zum Vorschein und sah sich neugierig um.

»Schön grün hier«, war sein erster Eindruck, als er über die saftige Wiese schaute, um die ringsherum große Bäume in vollem grünen Laub standen. In der Ferne schimmerte ein See, auf dem einige Städter in der Nachmittagssonne ihren frühen Feierabend genossen. Zahllose Studenten versüßten sich am Ufer das Lesen ihrer trockenen Studienbücher.

»In den ersten Tagen dachte ich, ihr habt hier überhaupt keine Sonne«, erinnerte sich Kambu an die schrecklichen Regentage, an denen er Marion kennen gelernt hatte. »Wenn die Regenzeit vorbei ist, habt ihr's bestimmt auch schön warm hier.«

Marion lachte und machte ihm mit einigen schnellen Hand- und Lippenbewegungen klar, dass in Deutschland gerade die heißeste Zeit des Jahres war, der Hochsommer.

Kambu erschrak. »Diese Kälte ist eure heißeste Jahreszeit? Oje, dann möchte ich nicht eure Regenzeit erleben.«

Sogleich begann Kambu über seine Heimat Afrika zu erzählen.

»Allein die Sonnenuntergänge!«, schwärmte er. »Wie ein

riesiger Feuerball versinkt die Sonne am Rand der Steppe und taucht das wunderbare Land mit all seinen Tieren und Pflanzen in ein geheimnisvolles Rot, das allmählich fast ins Violett übergeht.

Für einen Moment herrscht dann andächtige Stille, die Tiere des Tages verschwinden in ihren Verstecken, in ihren Nestern, Höhlen und Bauen. Die Tiere der Nacht aber schauen erst vorsichtig aus ihren Behausungen, bevor sie sich wirklich nach draußen wagen und sich auf die Jagd vorbereiten.

In diesem Augenblick, wenn der Tag noch nicht vorbei ist und die Nacht noch nicht begonnen hat, denke ich manchmal, allein auf dieser Welt zu sein. Und doch ist es kein einsames Gefühl. Ich sitze dann einfach nur da, schaue in die Ferne, so weit meine Augen sehen können, tauche ein in die rotviolette Farbe des Abendhimmels, spüre die erste frische Brise der heraufziehenden Nacht und fühle mich unverwundbar.

Es gibt nichts Schöneres um selig einzuschlummern, als sich von der Abendsonne Afrikas verzaubern zu lassen.«

Marion hatte andächtig zugehört. Ihr wurde einmal mehr klar: Kambu musste zurück in seine afrikanische Heimat. Aber nicht ohne Bimbala. Marion und Kambu hatten deshalb beschlossen Bimbala zu befreien. Ein Abenteuer, von dem sie beide noch nicht wussten, wie sie es bewerkstelligen sollten, aber genau deshalb waren sie ja hier, im Stadtpark, unter der Eiche.

Marion öffnete ihren Rucksack, kramte eine kleine Karte hervor und entblätterte sie. Die Karte zeigte in genauen Einzelheiten den gesamten Zoo, inklusive seiner Ein- und Ausgänge, der Wege und der einzelnen Käfige und Gehege.

Kambu kletterte auf Marions Schulter um besser in den Plan vor ihnen auf dem Rasen sehen zu können.

Direkt neben ihm, auf Marions Ohr, landete eine kleine Stechmücke und suchte frech nach der besten Einstichmöglichkeit in Marions fleischigem Ohrläppchen.

»Das ist ja wohl die Höhe!«, empörte sich Kambu. »Auch wenn ich keine Insekten fresse, ein wenig Respekt könnte das dumme Vieh ja wohl zeigen! Spaziert hier einfach auf deinem Ohr entlang, als ob es mich gar nicht gäbe!«

Marion schreckte auf und schlug sich mit der flachen Hand aufs Ohr. Kambu konnte sich im letzten Moment noch ducken um nicht von ihrer Schulter geschlagen zu werden. Marion traf: Die zerquetschte Mücke plumpste von Marions Ohr auf deren Schulter und purzelte von dort tot ins Gras.

Entsetzt sah Kambu ihr hinterher. »Du bist ja genauso brutal wie meine Brüder«, stellte Kambu entgeistert fest. »Die hat dir doch gar nichts getan!«

Marion nahm ihren kleinen Freund von der Schulter, hielt ihn sich vors Gesicht und erklärte ausführlich, wie lästig, fies, gemein und eklig Stechmücken wären und was ein Stich von solch einem Biest für widerliche, rote, juckende Quaddeln auf der Haut zurückließ.

»So böse sind die?«, fragte Kambu ungläubig nach. Marion bejahte mit einem kräftigen Kopfnicken.

Kambu überlegte einen Augenblick, bis er fragte: »Schmecken die?« Vielleicht konnte er sein viel belächeltes Vegetarierdasein doch irgendwann aufgeben? Aber Marion verzog angewidert ihr Gesicht und setzte sich Kambu wieder auf die Schulter.

Beide vertieften sich in den Plan vom Zoo. Mit einem roten Filzer markierte Marion den Punkt, an dem sich in etwa das Terrarium mit Bimbala befinden musste. Es war ziemlich genau in der Mitte des Zoos, was den Nachteil hatte, dass es weit entfernt von einem der Eingänge war. Dafür aber konnten sie – einmal im Inneren des Zoos angekommen – von außen nicht mehr gesehen werden.

Wie aber kam man nachts in einen verschlossenen Zoo? Für Kambu war das kein Problem. Er passte spielend durch die Gitterstäbe, doch wie sollte Marion in den Zoo kommen? Und selbst wenn sie es schaffen würde: Das Haus mit den Terrarien war extra verschlossen. Resigniert ließ Marion den Filzschreiber ins Gras fallen. Sie hatte nicht die Spur von Einbrecher-Erfahrung.

»Mensch, Marion, da steckst du ja!«, riss eine Stimme sie aus ihren Überlegungen.

Verdutzt schaute Marion sich um. Um Himmels willen: Tobias! Den hatte sie glatt vergessen. Sie war ja mit ihm verabredet um ihn weiter in der Gebärdensprache zu unterrichten.

Nervös rutschte Marion ein Stückchen beiseite und schob unauffällig Kambu hinter ihren Rücken. Hoffentlich hatte Tobias ihn noch nicht gesehen. Kambu begriff glücklicherweise sofort und krabbelte von hinten unter Marions T-Shirt.

»Wir waren doch verabredet.« Tobias war bei Marion angelangt. »Als du nicht gekommen bist, habe ich deine Oma gefragt, wo du bist. Gut, dass ich dich gleich gefunden habe. Hast du keine Lust mehr mir die Geheimsprache beizubringen?«

Marion lächelte verlegen und bedeutete ihm, dass er sich

setzen solle. Gleichzeitig zuckte sie zusammen und machte ein schmerzverzerrtes Gesicht. Kambu hatte sich zu stark in ihren Rücken gekrallt.

»Ist irgendwas?«, fragte Tobias.

Marion verneinte.

»Was tust du überhaupt hier?«, fragte Tobias weiter und warf einen neugierigen Blick über Marions Schulter.

Marion spürte, wie ihr nasskalter Schweiß über die Stirn lief. Sie hatte Tobias vergessen, kaum dass sie begonnen hatte ihn als Freund zu gewinnen – ihren ersten Freund in der Schule. Jetzt ertappte er sie bei der Planung eines Einbruchs. Davon konnte sie ihm unmöglich etwas erzählen. Marion war verzweifelt. Sie wusste nicht, was sie dem armen Tobias antworten sollte. Sie hätte sich in den Hintern beißen können! Verlegen und nervös kratzte sie sich erst am Kopf, dann im Nacken, schließlich im Rücken. Der Schweißausbruch hinterließ seine juckenden Spuren.

»Au!«, schrie es von hinten. Statt auf ihrem Rücken hatte Marion ordentlich auf Kambu herumgekratzt. Marion schaute erschrocken nach hinten, wandte den Kopf wieder nach vorne und blickte mit hochrotem Kopf in Tobias' fragendes Gesicht.

»Ist etwas nicht in Ordnung?«, wollte Tobias wissen. Noch ehe Marion es verhindern konnte, stand er schon hinter ihr und schaute nach, was sie hinter ihrem Rücken verbarg. Eine große Beule in ihrem T-Shirt machte ihn neugierig.

»Da ist etwas Komisches auf deinem Rücken«, sagte er zu Marion und griff danach.

Kambu quiekte auf, löste seinen Griff von Marions Rücken und plumpste aus dem T-Shirt auf die Wiese.

»Ihhh!«, schrie Tobias. »Ein Tier!« Dabei zeigte er entsetzt auf Kambu, der sich verstört aufrappelte.

Marion hechtete herum, nahm Kambu auf den Arm und versuchte Tobias mit einer Handbewegung zu beruhigen. Aber der war völlig außer sich.

»Ein Tier! Eine Echse! Ein Monster!«, kreischte Tobias.

Marion legte hektisch einen Finger auf ihren Mund und deutete ihm an, er solle nicht so schreien. Vergeblich. Tobias sprang entsetzt noch zwei Meter zurück und zitterte vor Ekel und Angst am ganzen Leib.

»Du kannst das Vieh doch nicht einfach so anfassen!«, meinte Tobias lautstark.

Kambu wurde ärgerlich, weil der Junge solch ein Geschrei um ihn machte und streckte dem hysterischen Knaben mit einem beleidigten »Bäh!« die Zunge heraus. Das machte die Sache allerdings nur noch schlimmer. Als Tobias sah, wie sich ihm eine dreißig Zentimeter lange, schleimige Zunge aus dem Maul des Monsters entgegenstreckte, schauderte es ihn erst recht.

»Sieh dir das an!«, japste er. »Das Monster schnappt nach mir! Wie eine Giftschlange! Nur die Zunge ist noch länger! Igitt!« Angewidert schüttelte er sich und kreischte noch lauter.

Jetzt wurde auch Marion böse. Wie konnte man sich beim Anblick eines Chamäleons nur dermaßen dämlich anstellen! Wütend sprang sie auf und mahnte Tobias energisch, still zu sein. Abwechselnd legte sie den Finger auf den Mund und streckte ihn Tobias drohend entgegen. Tobias wich ängstlich zurück, verlor beim Rückwärtsgehen den Halt und fiel rücklings ins Gras. Wild zappelnd lag er vor Marion, die mit

Kambu auf dem Arm zu ihm vorpreschte und wütend und stumm losschimpfte.

Tobias verstand kein Wort. Es war überhaupt nicht daran zu denken, jetzt auch nur ein Wort von den Lippen abzulesen. Nur an Marions funkelnden Augen erkannte er, dass sie wütend war. Das war ihm in diesem Moment aber ziemlich egal. Er hatte Angst vor diesem Tier. Sie sollte es wegnehmen, sie sollte gehen. Fort mit diesem Tier!

Unsicher sah Marion sich um, ob dieses jämmerliche Geschrei nicht inzwischen auch andere Zuschauer angelockt hatte. Wie sollte sie Tobias nur beruhigen? Verdammt noch mal, wenn sie doch wenigstens reden könnte, wenn sie wie jedes andere Kind auch in der Lage wäre, diesen kreischenden Jungen anzubrüllen, ihm zu sagen, dass er den Mund halten solle, und ihm dann in aller Ruhe alles erklären könnte!

Kambu spürte Marions Erregung. Mit einem Auge sah er das quiekende Etwas, das sich vor ihnen auf dem Boden wälzte und wild mit den Beinen strampelte. Mit dem anderen Auge beobachtete er Marions verzweifeltes Gesicht. Er erkannte, was Marion sagte. Er begriff, dass Tobias nichts verstand.

»Geh weg!«, schrie Tobias. »Hilfe! Hau ab mit dem komischen Monster! So was gehört in den Zoo!«

Da musste Kambu etwas tun. »Halt's Maul, du feiger Schakal! Reiß dich zusammen. Ich tu dir doch gar nichts!«, brüllte er zurück.

Tobias erstarrte in der Bewegung. Sein Mund stand sperrangelweit offen, seine Beine blieben regungslos in der Luft hängen, die Augen waren weit aufgerissen. Aber er war still. Marion seufzte und hockte sich erleichtert auf die Wiese. Nachdenklich sah sie Tobias an.

Tobias kehrte nur schrittweise in den Normalzustand zurück. Als Erstes senkten sich seine Beine, anschließend bildeten sich seine aufgerissenen Augen auf das Normalmaß einer menschlichen Pupille zurück, zuletzt schloss sich allmählich der Mund, aber nur um zu einem neuartigen Stottern anzusetzen. »Du … du … ha … du … hast … gesprochen!«, wunderte er sich.

Marion antwortete nicht sofort. Sie grübelte. Jetzt musste sie ihr Geheimnis lüften. Tobias wäre der Erste, der von Kambu und seinen Fähigkeiten erfahren würde. Konnte sie ihm trauen? Schließlich war sie gerade dabei, Tobias als neuen und einzigen Freund in der Schule zu gewinnen. Andererseits hatte er sich noch vor wenigen Minuten derart idiotisch benommen, dass sie an seinem Verstand, an seiner Freundschaft und an Tobias überhaupt doch sehr zweifelte. Aber er hatte ohnehin alles mitbekommen. Hatte er auch alles begriffen, gab es noch ein Zurück? Könnte sie vielleicht Kambu und seine Sprachbegabung noch immer als Geheimnis wahren, wenn sie Tobias jetzt nicht alles erklären würde? Und wenn er alles erfahren würde, würde er dichthalten oder sofort alles ausposaunen?

»Du hast gesprochen!«, wiederholte Tobias. »Dass du stumm bist, die Geheimsprache, das war alles gelogen! Du hast eindeutig *Halt's Maul* zu mir gesagt!«, behauptete Tobias.

Marion war empört. *Was denkt der Esel von mir?*, schoss es ihr durch den Kopf. *Glaubt er, mir macht es Spaß, stumm zu sein? Denkt er, das ist etwas Tolles, nicht reden zu können? Glaubt er, ich tu nur so, als könnte ich nicht sprechen, damit sich ein paar Leute um mich kümmern? Was ist das für ein Arschloch, dass der so etwas von mir denkt?* Mit vor Zorn hochrotem Kopf sprang

Marion auf, griff mit einer Hand nach Tobias' Hals, packte ihn an der Gurgel und drückte zu.

Tobias röchelte.

SAG DAS NICHT NOCH MAL!, warnte Marion stumm, aber mit deutlichen Lippenbewegungen.

Tobias konnte trotzdem die einzelnen Worte nicht so schnell vom Mund ablesen, den Sinn aber verstand er sehr wohl. »Lass mich!«, röchelte er.

Marion drückte noch ein wenig fester und schüttelte Tobias mit ein, zwei kräftigen Stößen durch.

SAG DAS NIE WIEDER!, drohte sie ihm. Dann folgte ein letzter, kräftiger Stoß. Tobias flog nach hinten, landete auf dem Rücken und schlug einen halben Purzelbaum rückwärts. Ängstlich und verwirrt rappelte er sich auf und spurtete mit Tränen in den Augen so schnell davon, wie er konnte.

Marion sah ihm einen Augenblick nach, senkte dann den Kopf und begann bitterlich zu weinen. Sie hatte einen Freund verloren, ehe sie ihn gewonnen hatte.

»Es tut mir Leid«, versuchte Kambu zu trösten. »Aber ich bin plötzlich so wütend geworden, als er sagte, ich gehöre in den Zoo.«

Marion nickte verständnisvoll. Sie war immer noch verärgert über Tobias, der sich so hysterisch benommen hatte. Konnte überhaupt jemand ihr Freund werden, der ihr unterstellte, ihre Sprachlosigkeit sei nur eine Masche?

Mit dem Handrücken wischte sich Marion die Tränen von der Wange. In den Zoo! Erst jetzt drangen Kambus Worte so richtig zu ihr durch. Warum wollen die meisten Menschen immer alles sofort wegsperren, anbinden, bewachen und unter Kontrolle haben, was ihnen fremd erscheint? Warum hatten sie so große Angst vor allem, was sie nicht kannten? Tobias hatte sich nicht einmal die Mühe gemacht Kambu genauer zu betrachten. Er hatte nicht einmal erkannt, dass Kambu ein Chamäleon war. Trotzdem hatte er sofort Angst gehabt, sich geekelt und wollte Kambu in den Zoo sperren!

In den Zoo ... in den Zoo ... Der gehört doch in den Zoo. Wild hämmerten ihr Tobias' Worte durch den Kopf. Das war's! Genau darin lag die Lösung, um Bimbala zu befreien.

Marions Miene hellte sich auf. Kambu freute sich. Seine Bemühungen, Marion zu trösten, hatten offenbar Erfolg. Marion hob den Zeigefinger und zog ihre Augenbrauen hoch. Kambu wusste, das hieß: Pass auf! Er richtete beide Augen auf Marions Lippen und las ab, was sie zu sagen hatte: »Wir brauchen gar nicht in den Zoo einzubrechen. Wir gehen einfach so hin, ganz normal, wie wir es schon einmal gemacht haben. Nur dieses Mal bleibst du da!«

Kambu zuckte zusammen. Sein linkes Auge rollte vor Entsetzen nach oben, sein rechtes nach unten. War Marion verrückt geworden?

Marion redete stumm weiter, Kambu sah ihr auf die Lippen. »Wie Tobias gesagt hat: *Du gehörst in den Zoo.*«

Kambu wollte gerade wild protestieren, aber Marion bewegte ihre Lippen einfach weiter: »Das heißt, es fällt doch gar nicht auf, wenn du dich im Zoo herumtreibst, zum Beispiel in dem Krokodilgehege, ganz in der Nähe von Bimbala. Einen besseren Spion gibt es doch gar nicht um genau auszukundschaften, wann und wie wir Bimbala am besten befreien können.«

Das war in der Tat ein guter Plan. Das Krokodilgehege bestand aus einem Wasserbecken, ein paar künstlichen Felsen und einer Menge Pflanzen und Bäume. Die Abgrenzung zu den Besuchern bestand lediglich aus einer dicken Glasscheibe, die nur gut einen Meter hoch war, denn Krokodile können bekanntlich nicht klettern.

So wäre es ein Leichtes, Kambu über die Glasscheibe hinweg in eine der Pflanzen zu setzen, und da Kambus Haut ja von Natur aus pflanzengrün war, konnte er bei dieser perfekten Tarnung auch kaum entdeckt werden. Die Besucher würden ohnehin glauben, er gehöre dahin, und den Blicken der wenigen Wärter zu entkommen war kein großes Kunststück.

Kambu war begeistert, wenngleich sich auch ein kleines, mulmiges Gefühl irgendwo in seinem Inneren breit machte. Wenn er Pech hatte, wäre er wie Bimbala im Zoo gefangen. Er musste halt aufpassen und seine Freundschaft zu Bimbala war dieses Risiko allemal wert. Kambu stimmte zu. Gleich am nächsten Tag wollten sie ihren Plan in die Tat umsetzen!

»Aber ich verbringe höchstens zwei Tage in diesem entsetzlichen Zoo«, machte Kambu noch zur Bedingung.

Länger wollte sich Marion auch nicht von ihrem einzigen Freund trennen. Sie packte die Karte und ihre Schreibutensilien in den Rucksack und die beiden machten sich voll Zuversicht auf den Heimweg.

Oliver macht eine Entdeckung

Oliver sah sich um. Er lauschte, ob er Geräusche wahrnehmen konnte. War noch jemand in diesen Fabrikhallen? Die Kiste mit dem Papagei deutete darauf hin. Wer mochte die hier abgestellt haben? Was wohl die anderen Kisten enthielten? Ob sich darin noch mehr Tiere verbargen? Noch einmal horchte Oliver angestrengt. Tatsächlich. Von weitem hörte er, wie ein Motor ansprang. Das musste der Lieferwagen sein, den er vor dem Eingang gesehen hatte! Irgendjemand hatte den Wagen gestartet.

Oliver überwand seine Neugier, in den anderen Kisten nachzuschauen. Als Erstes musste Tardo in Sicherheit gebracht werden.

War dies überhaupt noch ein geeignetes Versteck, wenn schon andere ihre Kisten hier abluden? Aber ein besseres Versteck fiel Oliver nicht ein. Außerdem waren die Fabrikgebäude so groß, dass es bestimmt einen Winkel gab, in dem man sich nicht in die Quere kam. Zumindest für ein, zwei Tage, bis Oliver ein neues Versteck gefunden hatte.

Tardo schmiegte seinen Kopf an Olivers Beine und winselte laut.

Er hat Hunger, dachte Oliver. *Ich muss mich schnellstens darum kümmern.* Er hob den kleinen Fuchs wieder auf seinen Arm, öffnete vorsichtig die Eingangstür zur ersten Etage und lugte hinein. Es schien niemand drinnen zu sein. Im Gegensatz zum Erdgeschoss fiel hier durch die zwar verschmutzten, aber zahlreichen Fenster genügend Tageslicht, um den Raum in Ruhe inspizieren zu können.

Langsam ging Oliver einige Schritte vorwärts. Die Halle war mindestens so groß wie die im Erdgeschoss, aber sie war nicht so leer. Alte Maschinen, Kisten, Wagen, Ständer, Rohre, Kabel, Wannen und Kartons standen und lagen kreuz und quer durcheinander. Sie füllten den Raum so, dass man nur in einem gewagten Slalom von einer Wand zur anderen gelangen konnte.

»Fürs Erste ideal«, sagte Oliver zu Tardo. »Selbst wenn jemand diese Halle betritt, wird er dich nicht sofort sehen. Wenn du schön ruhig bist, entdeckt dich hier niemand.«

Oliver sah sich um, setzte den Fuchs auf den Fußboden, der keinen Schritt von der Stelle wich, zerrte eine alte, halb verrostete Metallwanne heran und stellte sie unter großen Mühen hochkant an die Wand. Aus Wand und Wanne bildete sich so ein kleines Zelt, das vorn und hinten einen Eingang hatte. Den hinteren Eingang schloss Oliver, indem er zwei leere Kisten davor stapelte. In das Zelt schob er einen Pappkarton und setzte Tardo hinein.

»Bleib schön ruhig hier sitzen, so wie in dem Busch, in dem ich dich gefunden habe«, ermahnte er Tardo. »Ich fahre los und hole etwas zu fressen.«

Der Fuchs sah Oliver mit leicht geneigtem Kopf aufmerksam an, so als hätte er alles verstanden. Oliver nickte ihm aufmunternd zu, erhob sich und wollte gehen. Sofort sprang der Fuchs aus seinem Pappkarton heraus, lief hinter Oliver her und schmiegte den Kopf an Olivers Bein.

Oliver verdrehte die Augen. »Nein!«, rief er. »Du musst hier bleiben. Ich komme doch wieder.«

Und die ganze Prozedur wiederholte sich: Oliver nahm den Fuchs auf den Arm, kroch in das Wand-Wannen-Zelt, setzte Tardo in die Pappschachtel, erklärte ihm das ganze Vorhaben noch einmal geduldig, erhob sich, drehte sich um und ging. Tardo sah Oliver nach, erhob sich dann auch, sprang aus dem Pappkarton, lief dem Jungen hinterher und schmiegte sich an ihn.

»Och nö!«, stöhnte Oliver. »Ich habe es dir doch genau erklärt. Ich denke, Füchse sind so schlau, heißt es immer.«

Dann nahm er den Fuchs wiederum auf den Arm, suchte diesmal aber mit ihm gemeinsam die Halle ab, bis er gefunden hatte, was er brauchte. Oliver griff nach der Wäscheleine, die über einem Wäscheständer baumelte, knotete an das eine Ende eine kleine Schlinge und legte sie Tardo um den Hals. Dann setzte er den Fuchs zum dritten Mal in den Pappkarton und befestigte das andere Ende der Wäscheleine an einer alten, schweren Wäscheschleuder, die in der Nähe stand. Dann ging er zur Tür.

Tardo lief ihm sofort wieder hinterher. Nach drei Metern aber hatte die Leine und damit Tardos Weg ein schmerzhaftes Ende. Die Schlinge schnürte sich um Tardos Kehle, der Fuchs quiekte auf, sprang zurück und sah seinem neuen Freund traurig hinterher.

Noch im Treppenhaus hörte Oliver das erbärmliche Winseln des kleinen, hungrigen Fuchses. Oliver hielt sich die Ohren zu und lief die Treppe hinunter. »Ich bin ja gleich wieder da«, sagte er zu sich selbst um sein geplagtes Gewissen ein wenig zu beruhigen. »Nur schnell etwas zum Fressen kaufen!« Zum Fressen! Abrupt blieb Oliver stehen. Verdammt! Was fressen denn Füchse? Ihm fiel ein, dass er nicht die geringste Ahnung davon hatte.

Im Biologieunterricht hatten sie bislang etwas gehört von Chlorophyll, von Pollen und Stempel, von Algen und Moosen, Pilzen und Sonnenblumen, von Bestäubung, Fremd- und Selbstbefruchtung, aber nichts, wirklich rein gar nichts von Füchsen!

Typisch, dachte Oliver, *was man wirklich im Leben braucht, bringt einem die Schule nicht bei.* Ärgerlich stieg er die Treppen weiter hinab, schloss sein Fahrrad auf und fuhr davon. Aber wohin? Was um alles in der Welt fressen Füchse? Oliver dachte angestrengt nach, was er jemals von Füchsen gehört hatte. *Reineke Fuchs* fiel ihm ein, aber das brachte ihn nicht weiter. *Schlau wie ein Fuchs* war die nächste Erinnerung. Schön wär's! Oliver radelte weiter die Straße hinab, die zur Hauptstraße führte. Dann endlich kam ihm ein Lied in den Sinn, das alte Kinderlied *Fuchs, du hast die Gans gestohlen, gib sie wieder her!* Die Gans gestohlen! Geflügel! Ein Fuchs frisst auf jeden Fall Geflügel!

Oliver bremste scharf ab. Das Hinterrad schleuderte hundertachtzig Grad um ihn herum. Im Nu stand Oliver mit dem Fahrrad in der entgegengesetzten Richtung, jene Richtung, die zu dem rettenden Schild am Ende der kleinen Straße führte. Auf dem Schild stand: Imbiss!

Oliver schaltete hinunter in den dritten Gang, trat kräftig in die Pedale. Das Fahrrad schoss los, Oliver schaltete hoch in den fünften, siebten, neunten, zwölften Gang. Nur eine Minute später hielt er mit quietschenden Reifen vor der Imbissbude.

»Zwei halbe Hähnchen und 'ne doppelte Portion Fritten mit beidem«, bestellte Oliver und hätte beinahe dazu gesagt: *Die Fritten für mich und die Hähnchen für meinen Fuchs,* doch das konnte er sich gerade noch verkneifen.

Tardo zog und zerrte verzweifelt an der Leine, als Oliver die Halle der Fabriketage betrat. Lange bevor er Oliver sah, hatte der kleine Fuchs die duftenden Hähnchen gerochen. Sein ausgemergelter Magen schlug Purzelbäume, so sehr lechzte er nach den herrlich riechenden Leckereien. Oliver verlor keine Sekunde. Hastig riss er das Paket mit den Hähnchen auf und legte die dampfenden Portionen vor seinem Freund ab. Gierig machte Tardo sich darüber her, schrak zunächst ein wenig zurück, weil die Hähnchen noch zu heiß waren. Geschickt schnüffelte und leckte er sich mit sicherem Spürsinn die kühlsten Stellen heraus und biss herzhaft in sein lang ersehntes Mahl.

Lächelnd beobachtete Oliver den kleinen Fuchs beim Fressen, packte seine Pommes frites aus, hockte sich im Schneidersitz vor den schmatzenden Freund und begann ebenfalls fröhlich zu futtern. *Ein bisschen salzig, die Fritten,* dachte Oliver, *das machen die bestimmt absichtlich so, damit sie mehr Getränke verkaufen.* Dann fiel ihm ein, dass sicher nicht nur die Pommes frites, sondern auch das Hähnchen aus dem Imbiss gut gewürzt sein würde. Und das bedeutete: Durst!

»Mist!«, ärgerte sich Oliver und schlug sich mit der flachen Hand vor die Stirn. Ein Placken Mayonnaise, der eben noch an seiner Hand hing, klebte jetzt auf seiner Stirn. »Daran habe ich ja überhaupt nicht gedacht. Ich habe nichts zu trinken gekauft!«

Er stellte seine Pommes frites beiseite und stand auf um

sich nach etwas Trinkbarem umzusehen. Tardo begann sich über die zweite Hähnchenhälfte herzumachen. *Wenn dies eine Wäscherei war, dann gibt es hier auch Wasserhähne,* folgerte Oliver. Doch in der Halle war von einem Wasseranschluss nichts zu sehen. Er versuchte sich zu erinnern, wie es im Erdgeschoss war. Dort war es feucht. Einen Wasseranschluss hatte er allerdings nicht gesehen. Und im Keller? Er war ja deshalb nicht in den Keller gegangen, weil er dort riesige Wasserpfützen vermutete. Sicher würde dort auch irgendein Gefäß herumliegen, mit dem er das Wasser transportieren konnte.

»Warte hier«, sagte Oliver zu Tardo, was natürlich unnötig war, weil der Fuchs noch immer festgebunden war. »Ich hole Wasser.«

Tardo schaute kurz auf. Diesmal berührte ihn der Fortgang des freundlichen Menschen aber nicht sonderlich. Dazu war das Hähnchen viel zu lecker und vor allem noch lange nicht aufgefressen.

Oliver lief die Treppen hinunter. Kurz vor dem Keller stoppte er. Unter ihm tat sich die Dunkelheit auf. Langsam setzte Oliver seinen Abstieg fort. Er tastete die Wände nach einem Lichtschalter ab. Vergeblich. Die letzte Stufe war genommen. Tiefe Dunkelheit und kein Lichtschalter. Einen Fuß vor den anderen bewegte Oliver sich vorsichtig weiter vorwärts. Platsch!, machte es.

»Verflixt!«, fluchte Oliver und hob seinen rechten Fuß in die Höhe. Er war klitschnass. »Wenigstens hatte ich Recht. Hier ist Wasser«, stellte er fest. Mit der Fußspitze ertastete Oliver sich den Rand der Pfütze, wagte einen Schritt an die Stelle und war einen guten Meter vorangekommen ohne den linken Fuß auch noch nass zu machen. So kam Oliver Stück für Stück voran, bis er an eine Seitenwand stieß. Behutsam tastete er die Wand ab. Er wollte nicht noch einmal in schleimigen Schimmel fassen. Er atmete auf. Das fühlte sich an wie ein Schalter. Er betätigte ihn und wurde belohnt. Der Keller erschien in hellem Neonlicht.

Oliver kniff einen Augenblick die Augen zusammen, bevor er sich umsah. Dann rieb er sich die Augen. Hatte er richtig gesehen? Vor ihm tat sich eine riesenhafte Wand aus dicken Holzkisten auf. Nagelneue, trockene, helle Holzkisten, wie er sie schon im Fahrstuhl entdeckt hatte. Nur waren hier nicht zwei, sondern bestimmt vierzig, fünfzig davon, schätzte Oliver. Wer lagerte in diesem feuchten Kellerloch so viele neue Kisten? Und was befand sich in den Kisten? Etwa noch mehr Papageien? Oliver ging an die Kistenwand heran und legte sein Ohr daran. Er hörte nichts.

»Hallo?«, rief er leise.

Keine Antwort.

»Hallo?«, wiederholte Oliver lauter.

Es blieb still.

Er griff nach seinem Taschenmesser in der Hosentasche,

ließ es dann doch stecken. *Nein!,* beschloss Oliver. *Die Kisten haben Zeit. Erst muss ich etwas zu trinken besorgen. Der arme Tardo!*

Er schaute sich um. Da lag doch tatsächlich eine Plastikschüssel. Oliver lächelte fröhlich in den unfreundlichen Keller. *Glück muss der Mensch haben!,* dachte er und hob die Schüssel auf. Er ahnte in diesem Moment noch nicht, dass die Schüssel zu finden nicht sein Glück war, sondern ausgesprochenes Pech!

Oliver balancierte die bis zum Rand mit Wasser gefüllte Plastikschüssel vorsichtig die Treppe hinauf. Trotzdem schwappte immer wieder etwas über den Rand auf den Fußboden. Olivers Schuhe waren schon ganz nass. Nur noch wenige Schritte, dann hatte er es geschafft.

Als er durch die Tür schritt, sah Tardo ihn erwartungsvoll an. Vor ihm lag nur noch ein Haufen abgenagter Hühnerknochen. Oliver setzte sich behutsam in die Hocke um nicht noch mehr Wasser zu verschütten und stellte die Schüssel ab. Sogleich stürzte Tardo sich darauf und trank, als wäre er sieben Wochen im Wintermantel durch die Wüste gewandert. Oliver betrachtete die Essensreste des Fuchses.

»Na so was! Du Schlingel!«, rief er plötzlich. »Du hast ja auch meine Fritten aufgefressen; mitsamt Mayo und Ketchup! Du bist mir ja ein feiner Freund!« Schmunzelnd sah Oliver auf den trinkenden Fuchs hinab.

Zur gleichen Zeit stand unten im Keller ein kleiner, alter, zerzauster Mann vor den Kisten und wunderte sich: »Ich hatte mir hier doch eben eine Schüssel hingestellt? Teufel auch!« Er grabschte mit seiner schmutzigen Hand in die Tasche der fleckigen, braunen Cordhose, zupfte ein oftmals benutztes Taschentuch hervor, wischte sich den Schweiß ab und überlegte.

Nur fünf, bestenfalls zehn Minuten war er fort gewesen um auf der anderen Seite des Fabrikgebäudes die verrottete, schmutzige Toilette aufzusuchen. Unmittelbar davor hatte er die Plastikschüssel hier an dieser Stelle auf den Fußboden gestellt um etwas Vogelfutter anzumischen. Aber nun war die Schüssel fort. Mit Sicherheit aber war er alleine hier. Immer ließen sie ihn alleine hier. Sie kamen, brachten Kisten, luden sie aus und fuhren davon. Manchmal nahmen sie auch Kisten mit. Aber er blieb stets zurück. Seit zwei Wochen ging das nun schon so.

»Nur für ein paar Tage!«, hatte man ihm gesagt. Er brauchte nichts weiter zu tun als dort zu sein und hin und wieder ein paar Tiere zu füttern, die sich in manchen Kisten befanden. 20 Euro bekam er dafür am Tag. Nicht viel Geld, aber doch eine ganze Menge für jemanden, der sonst auf der Straße lebte. Ihm war es egal, wo er seinen uralten Schlafsack hinlegte. Jetzt war es eben in dieser Fabriketage, für 20 Euro am Tag. Eigentlich kein schlechtes Geschäft. Aber allmählich reichte es ihm, den ganzen Tag in diesen feuchten Fabrikhallen herumzusitzen. Er wollte wieder hinaus an die frische Luft, selbst wenn es dann kein Geld mehr gab. »Nur noch zwei, drei Tage«, hatten sie ihm gesagt. Teufel auch, wo war nur die verdammte Schüssel geblieben?

Am nächsten Tag hatte Marion Mühe dem Unterricht zu folgen. An diesem Nachmittag sollte der erste Teil ihres Planes verwirklicht werden: Sie musste Kambu im Zoo verstecken. Immer wieder malte Marion sich aus, wie sie es am geschicktesten anstellen sollte, Kambu in das Krokodilgehege zu legen, ohne dass jemand etwas merkte. Die Sache war gefährlich. Der kleinste Fehler konnte dazu führen, dass Kambu entdeckt und dann für immer im Zoo behalten wurde.

Aber das waren noch nicht alle Sorgen, die Marion plagten. Heimlich sah sie hinüber zu Tobias. Ob er noch immer sauer war? Es hatte sich eine gute Freundschaft angebahnt. War jetzt wirklich alles vorbei? Tobias bemerkte Marions Blicke. Grimmig schaute er zu ihr hinüber. Marion guckte schnell wieder weg. Sie hatte Tobias an diesem Morgen noch nicht sprechen können, weil er nicht rechtzeitig zur ersten Stunde kam. Sein Bus hatte Verspätung.

»Marion?« Die Lehrerin riss Marion aus ihren Gedanken. Sie waren wieder beim Thema Afrika. »Kannst du noch einmal wiederholen, über welche afrikanischen Tiere wir das letzte Mal gesprochen haben?«

Marion konnte ihre Gedanken nicht umschalten und hatte in diesem Moment nicht die geringste Erinnerung an die letzte Schulstunde, in der sie über die afrikanischen Tiere gesprochen hatten. Zum Glück aber war das ja zur Zeit ohnehin das Hauptthema, über das sie nachdachte. Langsam und überdeutlich bewegte sie ihre Lippen:

VO-GEL-SPIN-NE, formte sie und: KA-MEE-LE-ON, das man natürlich Chamäleon schreibt, aber in der Lippenbewegung sieht das eben ganz anders aus. Es hatte keinen Sinn: Die Lehrerin verstand es nicht. Marion stöhnte auf. *Warum sitze* ich *eigentlich in der Schule?*, fragte sie sich. *Eigentlich müsste erst einmal die Lehrerin einiges lernen. Die einfachsten Lippenbewegungen versteht sie nicht.* Ärgerlich und Hilfe suchend sah Marion zu Tobias hinüber. Der machte keine Anzeichen ihr zu helfen.

KA-MEE-LE-ON, wiederholte Marion in Tobias' Richtung. Ihr Gesichtsausdruck zeigte deutlich: *Hilf mir, du verstehst mich doch!*

Tobias drehte sich weg und sah nach vorn zur Tafel.

Gemeiner Kerl!, schimpfte Marion innerlich und schaute wieder zur Lehrerin. Noch bevor sie einen weiteren Versuch starten konnte, machte die Lehrerin einen Vorschlag: »Komm einfach nach vorne, Marion, und schreibe die Tiere an die Tafel.« Dabei hielt sie Marion ein Stückchen Kreide entgegen.

Marion stand auf, nahm die Kreide und schrieb an die Tafel: Vogelspinne, Chamäleon, Krokodil, Elefant, Gepard, Löwe...

»Danke, danke, das reicht erst mal!«, brach die Lehrerin ab. »Die anderen Kinder sollen auch noch einige Tiere nennen. Sehr schön, Marion, über das Chamäleon haben wir zwar noch nicht gesprochen, aber es ist richtig. Es ist eine Echsenart, die auch in Afrika vorkommt. Wie bist du denn darauf gekommen?«

Marion zuckte die Schultern. Einfach nur so, sollte das heißen. Aber Tobias schrie dazwischen: »Sie hat so'n Viech zu Hause. Ekelhaft.«

Marion fuhr erschrocken herum und giftete Tobias mit einem wütenden Blick an: *Petzer!*

Tobias ließ sich nicht beeindrucken. »Das hab ich gestern gesehen, im Stadtpark. Da hat sie das Tier einfach frei laufen lassen. Darf man das eigentlich?«

Marion wurde blass, ihr Herzschlag pochte bis zum Hals,

ihre Hände waren schweißnass. Jetzt war alles aus! Kambu war entdeckt und man würde ihn ihr wegnehmen!

Schon fragte die Lehrerin nach: »Stimmt das, Marion? Das ist ja interessant. Woher hast du denn solch ein exotisches Tier? Kannst du es denn artgerecht halten?«

Marion sah ihre Lehrerin verschreckt an. *Woher ich es habe? Es ist mir zugelaufen. Glaubt ohnehin keiner,* schoss es ihr durch den Kopf. Und: *Ob ich es artgerecht halte? Natürlich nicht! Niemand kann zu Hause ein Chamäleon artgerecht halten!* Das war es ja! Kambu war in Gefahr, wenn ihr jetzt nicht schnell etwas einfiel. Ohne weiter nachzudenken schüttelte Marion einfach den Kopf.

Die Lehrerin stutzte. »Doch nicht? Du hast kein Chamäleon?«

Marion verneinte entschieden. Sollte Tobias doch behaupten, was er wollte! Niemand sonst hatte Kambu gesehen. Es stand Aussage gegen Aussage. Hieß es so nicht immer in ihren Kriminalromanen? Genau! Es gab keine weiteren Zeugen!

»Natürlich hat sie so'n Echsenviech!«, meldete sich Tobias. »Das hab ich ganz genau gesehen!«

»Na ja, Tobias. Marion wird ja wohl wissen, was sie für Tiere zu Hause hat. Vielleicht hast du dich getäuscht?«, versuchte die Lehrerin das Thema zu beenden. Tobias war empört, Marion begeistert. Das war die Idee!

»Die lügt, ich habe es ganz genau gesehen. Es war so groß und glotzte mich so komisch an!« Tobias war von seinem Platz aufgesprungen, zeigte Kambus Größe mit den Händen an und machte dazu seine Augen so groß, wie er konnte, um die Glubschaugen des Chamäleons darzustellen.

Marion grinste zu Tobias, lächelte dann brav ihre Lehrerin an. *Na warte, Tobias!*, dachte sie. *Jetzt kommt die Rache fürs Petzen!* Noch immer hatte sie die Kreide in der Hand und schrieb nun langsam an die Tafel: »Das war meine weiße Ratte. Tobias hatte Angst vor ihr.« Um die ganze Strafe für Tobias vollkommen zu machen setzte Marion noch zwei dicke Ausrufezeichen hinter den zweiten Satz.

Die Klasse brüllte vor Lachen, zeigte hänselnd auf Tobias und begann sofort ihn mit gehässigen Bemerkungen zu überschütten: »Tobi, der alte Angsthase. Das ist typisch. Fürchtet sich vor 'ner kleinen Ratte und erfindet hier Geschichten.«

Und: »Ey, Tobi. Ich hab ein Flugmonster zu Hause. Nennt sich Wellensittich. Soll ich es mal mitbringen?«

Tobias bekam ein dunkelrotes Gesicht vor Wut. »Lüge!«, krächzte er mit einem dicken Kloß im Hals. Seine Augen wurden feucht. Aber die Klasse lachte nur noch lauter. Die Lehrerin wirbelte hektisch mit den Händen um die Klasse wieder zu beruhigen.

Marion legte die Kreide aufs Pult, rieb die Hände aneinander um sie vom Kreidestaub zu säubern. Nach außen sah diese Bewegung aber eher so aus, als wollte sie Tobias sagen: *So, Bürschchen. Mich verpetzt man nur einmal!*

Diese Auseinandersetzung hatte Marion klar gewonnen, aber wohl war ihr dabei nicht. Sie hatte Mitleid mit Tobias, nicht nur, weil sie wusste, dass er nicht gelogen hatte. Vor allem konnte sie es aus eigener Erfahrung nachfühlen, wie es ist, allein gegen alle zu stehen, gehänselt zu werden ohne eine Chance zu haben, sich dem zu entziehen oder sich zu wehren. Marion trottete mit hängendem Kopf und schlechtem Gewissen zurück auf ihren Platz. Doch sie hatte keinen anderen Ausweg gesehen. Sie musste Kambu beschützen und Tobias' Verrat verhindern, auch wenn sie sich viel lieber mit Tobias ausgesöhnt und ihn wieder als Freund gewonnen hätte. Aber damit war es nun wohl endgültig vorbei. Traurig stützte sie ihren Kopf in die Hände und wartete, bis sich die Klasse wieder beruhigt hatte.

Die Lehrerin hielt noch eine kurze Moralpredigt darüber, dass es unfair sei, einen Schüler wegen seiner Angst vor einer Ratte auszulachen. »Es war keine Ratte!«, hatte Tobias noch dazwischengerufen, aber das hatte die Lehrerin einfach überhört. Marion hörte nur mit halbem Ohr hin. Doch da sagte ihre Lehrerin den entscheidenden Satz, der Marion aufschrecken ließ.

»Und übermorgen machen wir einen Tagesausflug in den Zoo um uns einige Tiere aus Afrika leibhaftig anzusehen. Dazu verteilen wir jetzt Arbeitsaufträge.«

Die Klasse jubelte.

Marion schreckte hoch: *Die ganze Klasse in den Zoo! Übermorgen. Ausgerechnet!* Genau an dem Tag wollte sie Bimbala befreien. *Verdammter Mist!*

Und dann sagte die Lehrerin noch etwas, das aber niemand so richtig wahrnahm: »Ich werde Oliver anrufen und es ihm mitteilen, weil er heute fehlt. Weiß eigentlich zufällig jemand, was er hat?«

Oliver ist verschwunden

Marion atmete tief durch, steckte sich die Eintrittskarte in die Hosentasche und marschierte mit entschlossenem Schritt den Hauptweg des Zoos entlang zum Terrarium. Das Zittern ihrer Hände blieb. Sie hatte Angst. Aber es half nichts. Sie musste Kambu jetzt im Terrarium verstecken. Es blieb keine andere Möglichkeit Bimbala zu retten.

Für einen Moment musste Marion lächeln. Wenn ihr jemand vor kurzem erzählt hätte, sie würde sich aufgeregt durch den Zoo schleichen um eine Vogelspinne zu retten, hätte sie ihn für verrückt erklärt.

Aber nun war es so weit. Sie spürte, wie Kambu unter der Baseballmütze sich fester in ihr Haar krallte. Er hatte noch größere Angst als Marion. Schließlich war er es, der zwei Tage in der Hölle des Menschen verbringen sollte. Wenn etwas schief lief, wäre er wahrscheinlich für immer im Zoo gefangen – das Furchtbarste, was Kambu sich vorstellen konnte!

Er schwieg. Durch die Mütze hindurch besah er sich auf beiden Seiten des Weges die Tiere in ihren Käfigen. Die Elefanten tanzten wie immer für die Besucher, der Gepard lag unverändert gelangweilt auf dem kahlen Baum in seinem engen Käfig und dämmerte traurig vor sich hin. Ein Luchs wanderte in seinem Drahtgestell hin und her, als sei er vollständig durchgedreht: zwei Schritte nach links, Wende, zwei Schritte nach rechts, Wende, und das Gleiche wieder von vorne. Dabei wackelte er mit dem Kopf, als hinge er nur noch an einem seidenen Faden auf seinem Hals. Gegenüber wälzte sich ein Nashorn in seiner Sandbadewanne, die kaum größer war als das Tier selbst.

Kambu stöhnte auf. Welch furchtbares Elend richteten die Menschen hier an!

Marion nahm die Abkürzung, vorbei am Delphinarium. Über dem Plakat, das für die täglichen Delphinshows warb, war ein roter Aufkleber angebracht. »Zur Zeit keine Shows«, war in schwarzer Schrift auf rotem Grund zu lesen. Marion kannte den Grund: Zwei Wochen zuvor war ein Delphin gestorben. Er war nicht krank gewesen, nicht alt – noch hatte er einen Unfall. Er hatte einfach aufgehört zu atmen. »SELBSTMORD EINES DELPHINS!«, hieß es in den Zeitungen und damit hatten sie nicht übertrieben. Der Delphin hatte aus Kummer über seine Gefangenschaft das Atmen eingestellt und sich auf diese Weise selbst getötet. Danach hatte der Direktor des Zoos die Delphinshows abgesagt. »Bis auf weiteres«, hatte er betont. Das bedeutete: Die Gemüter sollten sich erst mal beruhigen. Wenn niemand mehr über den Tod des Delphins sprach, würden die Shows sicher weitergehen. Denn Delphine kosten Geld und dieses Geld wollte der Zoo durch die Aufführungen auch wieder hereinbekommen.

Marion öffnete die Tür zum Terrarium, Kambu seufzte. Jetzt wurde es ernst.

Marion betrat den Innenraum des Terrariums und sah sich verstohlen um. Kein Wärter in der Nähe, nur einige wenige Besucher schlenderten im Halbdunkel des Ganges entlang und sahen hier und da in die beleuchteten Glaskästen.

Das sieht ja ganz gut aus, fand Marion und ging zielsicher auf Bimbalas Glaskasten zu. Wieder sah sie nichts von der Spinne.

Kambu aber rief sofort: »Da ist sie ja, die Arme!«

Wie konnte Kambu die Vogelspinne immer nur so schnell entdecken? Marion selbst sah lediglich eine Hand voll Sträucher in dem Glaskasten. Wie beim ersten Besuch nahm Marion die Baseballmütze – mit Kambu darin – vom Kopf und hielt sie gegen die Glasscheibe. Bimbala kam aus ihrem Versteck gekrochen, krabbelte ein Stück an der vorderen Glasscheibe hoch und begann eine muntere Unterhaltung mit Kambu. Das konnte man zwar überhaupt nicht erkennen, aber anders als beim ersten Mal wusste Marion, dass die beiden Tiere sich jetzt angeregt miteinander unterhielten. In der Gebärdensprache, ihrer Sprache! Doch leider verstand sie von der Gebärdensprache der Tiere nicht ein einziges Zeichen.

Ob ich das wohl lernen könnte?, überlegte Marion, während sie einzelne Beinbewegungen der Spinne beobachtete. Sie war noch überhaupt nicht auf die Idee gekommen, Kambu danach zu fragen. Kambu unterbrach ihre Gedanken.

»Okay, wir können dann!«, rief er Marion zu.

Marion sah sich um. Niemand beobachtete sie. Fragend schaute sie Kambu an.

Der verstand. »Sie freut sich, dass wir sie retten wollen. Das wird sie uns niemals vergessen, sagt sie. Sie hätte nicht gedacht, dass es Menschen gibt, die sich für Tiere einsetzen.«

Marion lief rot an. Sie fühlte sich geschmeichelt, besann sich aber. »Erst mal muss unser Plan funktionieren!«, bedeutete sie Kambu.

Der nickte. »Also los!«, entschied er.

Marion setzte sich die Baseballmütze – mit Kambu darin – wieder auf den Kopf und ging hinüber zum Freigehege der Krokodile. Ruhig blieb sie vor der halbhohen Glasscheibe stehen.

Kambu beobachtete sehr genau die Umgebung. Seine Augen rollten in alle Richtungen.

Nach einer Weile war er zu einem Ergebnis gekommen. »Da rechts! Der Baum, dessen Äste in den Gang hineinragen. Dort setzt du mich ab. Dann schleiche ich mich zu dem Baumstumpf da hinten. Von dort krieche ich weiter an dem kleinen Felsen entlang und krabbele in den Strauch dort. Wenn du mich besuchst, bleib einfach ruhig hier stehen, ich melde mich dann bei dir.«

Während Kambu seiner Freundin das Versteck beschrieb, wanderte er mit dem rechten Auge den Weg entlang, den er gleich gehen wollte. Mit dem linken Auge beobachtete er das Umfeld im Terrarium, soweit das die Baseballmütze zuließ. »Warte einen Augenblick. Besucher von links!«, warnte er.

Marion blieb ruhig stehen und schaute auf ein Krokodil, das in der flachen Wasserpfütze lag, die sich unmittelbar hinter der Glasscheibe befand und den großen afrikanischen Strom ersetzen sollte, an dem das Reptil früher einmal gelebt hatte. Das Krokodil lag in der Pfütze und rührte sich nicht. Kein Augenzwinkern, keine Bewegung des Bauches durch das Atmen, kein Zittern in den Gliedern. Nichts. Starr wie ein Baumstamm lag es da. Seine Augen stierten ins Leere.

Die beiden Besucher, die Kambu gesehen hatte, stellten sich neben Marion vor die Glasscheibe. Die Frau sah aus wie ein Lolli mit künstlichem Farbstoff: feuerrote, gelockte

Haare, pinkfarbenes T-Shirt, grüne Fingernägel und dazu Leggings in Orange und lila Turnschuhe. Sie stieß ihren Begleiter im Trainingsanzug in die Seite.

»Schau mal, Hermann, det Krokodil da!«, quäkte sie mit schriller Stimme.

Kambu auf Marions Kopf zuckte zusammen. Die Stimme erinnerte ihn an das hysterische Gekicher einer Hyäne.

»Ist det tot oder wat?«, fragte Frau Lolli ernsthaft.

»Vielleicht«, antwortete Hermann. »Hat hier bloß noch keener bemerkt.«

»Ihhh!«, schrie die Lolli-Schnepfe. »'n totes Tier im Wasser!«

»So ein Quatsch!«, lispelte Kambu in barschem Ton aus der Mütze heraus.

Marion fuhr zusammen: *Der kann doch nicht einfach losreden!*

Aber Kambu war sauer. Was quatschten die beiden da doch für einen Unsinn!

»Das ist ein Krokodil und kein Balletttänzer! Warum sollte es sich bewegen? Vielleicht nur, weil Sie da jetzt hinglotzen?«, raunzte er sie an.

Das Gesicht der Frau wurde vor Zorn so rot wie ihr Haar. Erbost fuhr sie herum, packte Marion am Kragen und schnauzte sie an: »Hör mal, Mädel. Noch so 'ne freche Bemerkung, und ick knall dir eene. Is det klar?«

Marion sah die Frau entsetzt an. Was sollte sie tun? Sie hatte doch gar nichts gesagt!

Die Frau ließ nicht locker. »Ob det klar is, will ick wissen!«, kreischte sie weiter und zerrte ununterbrochen an Marion herum. »Hat's dir die Sprache verschlagen?«

Ja, das hatte es! Schon seit ihrer Geburt! Aber das konnte

sie der Frau nicht erklären ohne Kambu zu verraten. Mit drohendem Blick schüttelte die Frau Marion noch einmal heftig und stieß sie zurück, so dass Marion mit dem Rücken gegen die Glaswand knallte. Durch den Aufprall rutschte ihr die Baseballmütze vom Kopf und landete hinter der Glasscheibe kurz vor der Wasserpfütze auf dem Fußboden. Marion stockte der Atem. Mit einer letzten Reflexbewegung versuchte sie die Mütze noch zu greifen. Vergeblich. Entsetzt sah Marion ihrer Mütze hinterher.

»Das geschieht dir recht!«, befand die Frau. »Freche Göre! Komm, Hermann, wir gehen weiter.« Mit diesen Worten hakte sich die Frau bei dem Mann unter und schob ihn zum Ausgang.

Marion starrte durch die Glasscheibe hindurch nur auf die Mütze. Kambu lag unter der Mütze. Er regte sich nicht.

Marion sah sich um, klopfte dann gegen die Glasscheibe. War ihrem Freund beim Sturz etwas zugestoßen? Warum bewegte sich nichts? Gerne hätte sie ihm etwas zugerufen. Wenn sie nur hätte sprechen können! Marion klopfte erneut gegen das Glas, diesmal etwas lauter.

»Ist die Luft rein?«, fragte die Mütze. Marion nickte heftig. Konnte Kambu sie durch das Netz der Mütze sehen? Marion trommelte gegen die Scheibe.

»Hör auf!«, forderte die Mütze. »Mir ist nichts passiert. Pass auf, dass niemand guckt.« Marion stellte das Trommelfeuer gegen das Glas ein und beobachtete die Mütze, die jetzt langsam an der Innenseite der Scheibe entlangwanderte bis zum Baum, der rechts von Marion stand. Marion schaute sich noch einmal vorsichtig um – und wäre vor Schreck beinahe umgefallen. Hinter ihr kam der Zoowärter auf sie zugerannt.

»Was ist denn da los, Mädchen?«, wollte er wissen. »Warum trommelst du so gegen das Glas? Du erschreckst ja die Tiere.«

Marion bekam einen kalten Schweißausbruch. Wenn er die wandernde Mütze sah, war alles aus. Schnell machte sie einen Schritt beiseite, in der Hoffnung, dass sich die wandernde Mütze jetzt genau hinter ihrem Rücken befand.

Der Zoowärter beugte sich ein wenig zu Marion vor und blinzelte mit seinen trüben Augen. »Dich kenne ich doch!«, fiel ihm ein. »Du hast doch neulich schon einmal hier gegen die Scheibe geklopft! Ist denn das zu fassen? Begreifst du denn nicht, dass das die Tiere stört, du dummes Ding?«

Marion ballte die Fäuste vor Wut. Ihre Fingernägel schnitten ihr in die Handflächen. Ausgerechnet sie und die Tiere stören! Genau umgekehrt war es: Sie wollte die Tiere retten, die in diesem Zoo vor sich hin vegetierten! Sie verstand die Tiere – im Gegensatz zu dem aufgemotzten Lolli, dieser rothaarigen Schnepfe, die kreischend und juchzend durch die Gänge tobte! Aber immer wieder wurde Marion als diejenige beschimpft, die Tiere ärgerte. Das war ungerecht! Das war gemein! Das war …

Marion sah ein, dass sie nichts dagegen machen konnte. Sie musste diese Anschuldigungen in Kauf nehmen, wenn sie

ein weiteres Mal Kambu beschützen wollte. Sie musste diesen Zoowärter ablenken.

Sie fasste sich ein Herz und streckte dem Mann die Zunge raus.

Für eine Zehntelsekunde schrak er zurück, dann aber stieg ihm die Zornesröte ins Gesicht. Er packte Marion am Kragen.

Schon wieder!, stöhnte Marion innerlich. *Erst die bunte Kuh und jetzt der hier. Halte durch!,* sagte sie sich.

»Auch noch frech werden, du widerliche Göre! Los, verschwinde hier, aber ein bisschen plötzlich!«, brüllte der Mann, schubste Marion beiseite und stockte in der Bewegung. »Ja, gibt's denn das?«, rief er. »Jetzt hast du auch noch deine Mütze ins Gehege geworfen!«

Marion holte tief Luft. Noch bevor sie irgendetwas unternehmen konnte, hatte der Wärter sich schon über die Glasscheibe gebeugt und griff nach der Mütze.

Jetzt ist alles aus!, dachte Marion. Sie spürte, wie Tränen in ihr aufstiegen.

Der Mann nahm die Mütze vom Boden und schwang seinen Oberkörper wieder zurück vor die Glasscheibe.

Marion guckte, kniff die Augen zusammen, öffnete sie wieder, guckte noch einmal genau hin. Kein Irrtum. Unter der Mütze war es leer. Kambu war weg!

Der Zoowärter schleuderte Marion die Mütze entgegen. »Und nun mach, dass du wegkommst!«, schimpfte er.

Geistesabwesend ließ Marion die Mütze an ihrem Oberkörper abprallen. Mit konzentriertem Blick suchte sie den Boden im Gehege ab, den Baumstamm, die Krone – da! Da saß er! Mitten in der Baumkrone hockte Kambu auf einem Ast und rührte sich nicht. Typisch Echse: Leichenstarr hockte Kambu dort. Nur sein rechtes Auge schnellte einige Male vor und zurück. Sein nicht verfärbbarer Körper hatte zum Glück das gleiche Grün wie das Laub des Baumes. Auf den ersten Blick war Kambu nicht von dem Baumbewuchs zu unterscheiden.

Marion atmete erleichtert auf. Ihr Plan war gründlich misslungen, aber das Ziel erreicht: Kambu saß unentdeckt in dem Freigehege der Krokodile. Nur zwei Vitrinen weiter saß Bimbala. Sie klebte an der Glasscheibe ihrer Vitrine und hatte das ganze Schauspiel beobachtet. Marion hob schnell ihre Mütze vom Fußboden auf und rannte aus dem Terrarium. Die Befreiung Bimbalas nahm ihren Lauf.

Oliver wachte auf. Er blinzelte mit den Augen, hob den Kopf, ließ ihn aber sofort wieder fallen. Ihm war übel. Hart schlug der Hinterkopf auf dem Fußboden auf. Der Kopf schmerzte. Wieso hatte er kein Kopfkissen?

Nochmals blinzelte er, rieb sich die Augen. Es war Nacht. Oder? Jedenfalls war es dunkel. Nur eine schmutzige Glühbirne leuchtete über ihm an der Decke. Wieso eine schmutzige Glühbirne?

Sein Kopf schnellte hoch, verharrte in der Bewegung vor Schmerz und Übelkeit. Er hielt sich die Hand an die Stirn, stöhnte laut auf, rieb sich die Schläfen mit den Handflächen. Weshalb war er noch angezogen? Warum war er nicht zu Hause in seinem Bett? Wo hatte er geschlafen?

Langsam zeigte sein Gehirn die Bereitschaft einige Erinnerungen preiszugeben. Die Fabrikhalle! Er war noch in der Fabrikhalle. Wieso war er nicht nach Hause gefahren? Und: Wo war eigentlich Tardo?

Oliver drehte vorsichtig seinen Kopf, schaute sich um. Allmählich wich die Übelkeit, auch der Schmerz im Kopf wurde schwächer. In dieser Halle war er vorher nicht gewesen. Oder doch? Nein. Oliver presste die Handflächen stärker an seine Schläfen. Was war geschehen?

Er stand auf, wollte zur Tür gehen. Etwas hinderte ihn. Er kam nicht weiter. Er sah auf seinen rechten Fuß und fuhr erschrocken zusammen. Angekettet! Sein rechter Fuß war an eine alte schwere Waschmaschine angekettet! Das gab es doch nicht! Oliver riss sein rechtes Bein nach hinten. Die Kette zog sich stramm, schnürte schmerzend an seinem Fußgelenk. Schreiend fiel Oliver zu Boden. Es gab nicht den geringsten Zweifel: Er saß fest, angekettet wie ein Hund. Sein Atem ging plötzlich schneller, sein Puls raste, kalter Schweiß tropfte von seiner Stirn.

Warum? Er setzte sich, versuchte sich zu beruhigen, zu erinnern. Was war geschehen? Die Kisten! Oliver erinnerte sich wieder an die Kisten. Ja, so war es.

Während Tardo – wo war eigentlich Tardo? – das Wasser aus der Schüssel trank, hatte Oliver sich etwas genauer in der Fabriketage umgesehen. Im Nachbarraum war er wieder auf diese merkwürdigen Kisten gestoßen.

Oliver hatte sein Taschenmesser gezogen und eine Kiste

geöffnet. Sie war voll gestopft mit Holzwolle. Er hatte darin herumgewühlt und kleine Figuren entdeckt: Pferde, Türme, kleine Männchen, einen König – Schachfiguren. Die ganze Kiste war voll mit Schachfiguren aus leichtem, weißem Material. Sie waren nicht richtig weiß, etwas gelblich. Wie hieß das noch? Ja: Elfenbeinfarbe. Elfenbein*farbe?* Nein, es *war* Elfenbein! Schachfiguren aus purem Elfenbein! Oliver wusste, dass die Figuren ein Vermögen wert sein mussten!

Er hatte die nächste Kiste geöffnet und weitere Schachfiguren erwartet. Stattdessen kam die nächste Überraschung. In der nächsten Kiste lagen Taschen. Handtaschen aus einem seltsam gemusterten Leder. Ein Muster, das Oliver irgendwie bekannt vorgekommen war. Er hatte solche Muster schon einmal gesehen. Es waren Muster wie ... wie bei Schlangen. Schlangenmuster; Schlangenleder! Die Taschen waren aus Schlangenleder.

Oliver hatte einen leisen Pfiff ausgestoßen, als sich hinter ihm eine krächzende Stimme meldete: »Sag ich doch, dass hier jemand ist. Der hat sicher meine Schüssel, Teufel auch.«

Der Papagei!, schoss es Oliver durch den Kopf. Er fuhr herum und sah, wie ein alter, schmutziger Mann mit zerfetzter Cordhose auf ihn zeigte, während ein zweiter, deutlich jüngerer, großer Mann in einem grauen Anzug ihn stumm anschaute ohne eine Miene zu verziehen.

Oliver stockte der Atem. Er sah in die offene Mündung einer Pistole, die der Mann im Anzug auf ihn gerichtet hielt! Oliver wollte fragen, was los sei, schaute Hilfe suchend zu dem Mann in der zerfetzten Hose, wollte alles erklären, seinen Namen sagen, von Tardo erzählen. Zu allem kam er nicht mehr. Er hörte nur ein kurzes, dumpfes »Plop«, spürte einen Stich in seinem Arm, als hätten tausend Wespen ihn gleichzeitig an dieser einen Stelle gestochen – dann wurde es schwarz.

Das war alles, woran Oliver sich erinnern konnte. Er sah auf seine Armbanduhr. Die Digitalanzeige zeigte 6:30 an.

Sechs Uhr dreißig?, überlegte Oliver mit einem Anflug von Panik. Blitzartig drückte er auf einen Knopf an seiner Uhr. Die Zeitansage sprang um aufs Datum. Tatsächlich: Das alles war gestern passiert! Er hatte seit gestern Nachmittag geschlafen! Man hatte ihn gefangen und hielt ihn weiterhin fest.

Was würden seine Eltern sagen, wenn er nicht nach Hause käme? Niemand wusste, dass er hier war. Würde man ihn je finden? Oliver zog ein letztes Mal verzweifelt an der Kette, dann setzte er sich auf den Betonfußboden und begann zu weinen.

Wo ist Bimbala?

»Ruhe bitte! Seid doch mal ruhig und lauft hier nicht so wild herum! Tobias, das gilt auch für dich! Nun stellt euch doch mal hier ruhig um mich herum auf! Hier sind die Eintrittskarten!« Die Lehrerin hatte alle Hände voll zu tun. Schnell vergab sie an der Bushaltestelle die einzelnen Karten an die Kinder, die drängelnd und schubsend ihre Hände danach ausstreckten wie Jungvögel ihre Hälse nach Futter. Ungeduldig starrten die Kinder dabei auf den Zooeingang, der nur hundert Meter entfernt gleich neben dem Parkplatz lag.

»Hat jetzt jeder seine Karte?«, fragte die Lehrerin. Ein allgemeines »Jaa!« hallte ihr entgegen, bei dem jegliches »Nein« ohnehin nicht gehört worden wäre. Trotzdem hatte sie noch eine Eintrittskarte übrig.

»Wer hat seine Karte noch nicht?«, rief sie noch einmal in die Menge. Ihre Frage blieb ungehört. Die meisten Kinder hatten sich schon eilig auf den Weg zum Eingang gemacht. Die Lehrerin reckte den Hals und sah sich suchend nach einem einzelnen Schüler um, der seine Karte noch nicht abgeholt hatte. Schnell wurde sie fündig.

Natürlich! Dort hinten stand Tobias auf dem Parkplatz, obwohl sie ihn doch ausdrücklich ermahnt hatte bei der Gruppe zu bleiben. Schnell griff sie sich Marion, die noch in der Nähe stand.

»Marion, würdest du bitte Tobias seine Karte bringen?«, bat die Lehrerin und drückte ihr die übrig gebliebene Eintrittskarte in die Hand. »Und mach ihm klar, er soll gefälligst bei uns bleiben!«

Marion fluchte innerlich. Seit dem Vorfall in der Unterrichtsstunde waren Marion und Tobias sich stets aus dem Weg gegangen. Jetzt sollte ausgerechnet sie ihm die Eintrittskarte bringen.

Während die anderen Kinder sich schon am Eingang drängelten, trottete Marion zu Tobias auf den Parkplatz. Tobias sah sie nicht kommen. Mit einem Schreibblock in der Hand ging er an den parkenden Autos entlang, blieb alle zwei Meter stehen und notierte sich etwas.

Erstaunt blieb Marion einen Augenblick stehen. *Was macht der da?,* fragte sie sich, ging weiter und tippte Tobias schließlich auf die Schulter.

Erschrocken fuhr Tobias zusammen. »Ach, du bist es!«, raunzte er, nachdem er sich umgedreht hatte. »Was willst du?«

Marion hielt ihm seine Eintrittskarte entgegen und zeigte mit ausgestrecktem Arm zum Eingang, den jetzt die letzten Kinder der Klasse passierten.

»Ach so«, stotterte Tobias. »Na ja … äh … danke« und steckte die Karte in seine Hosentasche. Gerade wollte er zum Eingang, als Marion ihn festhielt. Fragend sah sie auf seinen Schreibblock, auf dem sie eine komplizierte Tabelle mit Zahlen und verschiedenen Abkürzungen erkannte.

Verlegen schaute Tobias auf den Fußboden. »Ach das«, antwortete er, »das geht dich nichts an. Ist nur ein Hobby von mir.«

Marion ließ nicht locker. Sie konnten doch nicht den Rest des Lebens schweigend aneinander vorbeigehen, nur weil sie sich gestritten hatten. Entschlossen stellte sie sich ihm in den Weg und legte eine Hand auf Tobias' Schulter. ENT-SCHUL-DI-GE!, formte sie mit ihren Lippen. Sie wusste, dass Tobias das auf Anhieb lesen konnte.

Mit einem Ruck seines Oberkörpers wehrte Tobias die Berührung ihrer Hand ab. Marion setzte nach, legte ihm ein zweites Mal die Hand auf die Schulter und drehte ihn wieder zu sich. VER-ZEIH MIR!, schrien ihre Lippen ihm stumm entgegen.

Tobias senkte den Kopf, sah sie aber aus den Augenwinkeln von unten nach oben an. »Du hast mich ganz schön blamiert!«, maulte er. »Jetzt halten mich alle in der Klasse für einen Angsthasen!«

Marion nickte verständnisvoll, griff sich seinen Block und den Stift und begann schnell etwas darauf zu schreiben.

»Was ist denn?«, rief es vom Eingang her. Tobias hob den Kopf. Am Eingang stand die Lehrerin und winkte ihnen erbost entgegen. »Kommt endlich her!«, schrie sie.

Tobias legte sich die Hände als Trichter vor den Mund und rief zurück: »Ja, wir kommen gleich! Ich habe einen Stein im Schuh! Einen Augenblick nur!«

Verzweifelt verdrehte die Lehrerin die Augen. »Treffpunkt am ersten Souvenirladen gleich hinter dem Eingang!«, befahl sie, drehte sich um und verschwand durch den Eingang.

Tobias wandte sich wieder Marion zu. Sie gab ihm einen Zettel, auf dem stand:

»Chamäleon ein Geheimnis. Habe Angst, sie nehmen ihn mir weg. Deshalb meine Lüge. Tut mir Leid.«

Marion sah, wie Tobias innerlich mit sich rang. Sollte er ihr verzeihen? Schließlich hatte er sich entschieden. »Okay!«, sagte er nur.

Marion lächelte ihn an und reichte ihm die Hand. Tobias schlug ein.

Ihr hüpfte das Herz vor Freude. In diesem Moment hätte sie die Welt umarmen können. Vielleicht würden sie jetzt doch richtige Freunde werden. Sie war jedenfalls auf dem besten Wege Tobias als Freund zurückzugewinnen! Fröhlich gab sie ihm seinen Schreibblock zurück, wobei sie ihn nochmals fragend ansah.

»Na gut«, lenkte Tobias sofort ein. »Ich erzähle es dir. Aber nur dir, hörst du?«

Marion nickte eifrig.

»Ich sammle Autonummern!«, erklärte Tobias.

Marion verstand nicht. Autonummern? Wie um alles in der Welt konnte man Autonummern sammeln? Von Briefmarken hatte sie gehört. Sie wusste, dass einige Menschen Kronkorken, Bierdeckel, Streichholzschachteln oder altes Blechspielzeug sammelten. Ein weit entfernt wohnender, verrückter Onkel von ihr sammelte sogar Teebeutel aus aller Welt. Aber Autonummern?

Tobias bemerkte ihre Zweifel. »Na ja«, erklärte er weiter. »Nicht nur Autonummern, sondern ich notiere mir alles genau: Autonummern, Fahrzeugtyp, Farbe, besondere Kennzeichen, wo ich den Wagen gesehen habe und wann.« Marion konnte es immer noch nicht nachvollziehen.

»Das ist interessanter, als du denkst«, ereiferte sich Tobias. »Manche Wagen entdecke ich nämlich mehrmals. Über einen längeren Zeitraum kann ich sogar feststellen, wo der

Wagen regelmäßig auftaucht, und ich kann bei manchen sogar ein bisschen schlussfolgern, wo der Autobesitzer wohnt oder arbeitet oder welchem Hobby er nachgeht. Fast wie ein richtiger Detektiv. Das brauche ich natürlich nie, aber irgendwie macht es doch Spaß.«

Bei dem Stichwort Detektiv hellte sich Marions Miene auf. Kriminalromane waren schließlich ihre Lieblingslektüre. Sie konnte sehr gut verstehen, dass man Einzelheiten aus solchen Romanen nachspielt, und sei es, dass man sich eine eigene Detektivdatei anlegte. Auch sie hatte oft genug davon geträumt, mal in einen echten Kriminalfall verwickelt zu werden.

Tobias freute sich, dass Marion offensichtlich begann ihn zu verstehen. Sofort ging er ins Detail um ihr Verständnis durch ein Beispiel zu vertiefen. »Schau mal, da vorne der Lieferwagen«, sagte er und zeigte auf einen blauen LKW, der etwas weiter entfernt stand. Ein Mann ging gerade mit einem kleinen, blauen Paket unter dem Arm darauf zu und schloss die Seitentür auf.

»Der ist total lustig«, erklärte Tobias. »Sieh mal, was auf der Seite steht.«

Marion sah es sofort. Die Seitentür des LKW musste irgendwann mal erneuert worden sein. Im Gegensatz zu dem Auto war sie nämlich nicht blau, sondern rot. Außerdem fehlten darauf auch Buchstaben der Firmenschrift.

»Normalerweise heißt das: *F. Kramer Backwaren*«, erklärte Tobias. Durch die fehlenden Buchstaben auf der Tür aber stand jetzt dort: *F. K ackwaren*! »F. Kackwaren!«, las Tobias lauthals lachend vor. »Würdest du deine Brötchen bei jemandem kaufen, der *Kackwaren* durch die Gegend fährt?«

Jetzt musste auch Marion lachen. Kichernd gingen die beiden endlich zum Treffpunkt am Souvenirladen. Bestimmt wartete die Lehrerin schon mehr als ungeduldig auf sie. Aber das war ihnen in diesem Augenblick vollkommen egal. Marion hatte ihren Freund wiedergewonnen. Das war zehnmal wichtiger als eine genervte Lehrerin.

Schnell schlossen sich die beiden der restlichen Klasse an, wobei sie den tadelnden Seitenblick der Lehrerin geflissentlich übersahen. Zuerst marschierten die Schüler natürlich zu den Elefanten, »weil die immer so lustig tanzen«, wie einige sagten.

Marion erinnerte sich an Kambus Schilderungen über das Leben der Elefanten in Afrika. Früher war sie mit ebenso großem Spaß zum Elefantengehege gelaufen wie ihre Mitschüler, jetzt aber stand sie etwas abseits und betrachtete den Trubel vor dem Gehege mit einiger Distanz. Die anderen Kinder drängelten sich vorne am Zaun und hielten den Tieren Äpfel, Bananen und Brote aus ihren Rucksäcken entgegen, die die Elefanten in gewohnter Weise annahmen: nehmen – zeigen – fressen.

Heimlich schielte Marion zum Terrarium hinüber. *Wie es wohl Kambu ergeht?,* fragte sie sich und überlegte, ob sie nicht schnell mal vorbeischauen sollte. Schritt für Schritt entfernte sie sich rückwärts von der Klasse. Sie hatte schon einigen Abstand gewonnen. Gerade wollte sie sich umdrehen und schnell Richtung Terrarium fortlaufen, da hob die Lehrerin den Kopf.

»Das reicht erst einmal!«, rief sie. »Wir haben später noch Zeit hier länger zu bleiben. Jetzt lasst uns zunächst den Rundgang machen. Nächste Station: das Terrarium! In Zweierreihen bitte!«

Marion fluchte. Nun hatte sie im Terrarium auch noch die gesamte Klasse am Hals! Zögerlich lösten sich die Kinder von den Elefanten und begannen sich in Zweierreihen vor der Lehrerin aufzustellen. Marion nahm Tobias an die Hand und stellte sich freiwillig in die letzte Reihe. Dort hatte sie vielleicht die beste Möglichkeit sich still von den anderen abzusetzen und nach Kambu zu sehen.

Tobias sah sie fragend an. »Wieso denn hier hinten?«, wollte er wissen. »Da kriegen wir die schlechtesten Plätze und sehen gar nichts!«

Marion brachte ihn mit einem bedeutungsvollen Blick zum Schweigen. In ihr rumorte es. Sie wollte den Plan umsetzen, den sie mit Kambu geschmiedet hatte. Und sie hatte ihm versprochen an diesem Tag die Aktion zu starten, weil Kambu nicht länger im Zoo bleiben wollte. Das aber hieß, Tobias mit in den Plan einzubeziehen, obwohl sie schon einmal schlechte Erfahrungen mit ihm gemacht hatte, als er Kambu begegnet war.

Nachdenklich biss sich Marion auf die Lippe. Konnte sie es wagen? Sie musste es. Mit pochendem Herzen setzte sie sich in Bewegung und trottete hinter der Schlange, die ihre Klasse bildete, her. Jetzt kam es darauf an: Sie musste Bimbala befreien, noch während ihre Klasse dabei war. Ein abenteuerliches Unterfangen!

Kaum hatten die Schüler das Terrarium betreten, schwärmten sie in alle Richtungen aus. »Ey, guck mal hier, die Giftschlange!«, rief jemand und drückte seine Nase an der Glasscheibe einer Vitrine platt.

»Och, ist doch öde!«, kam postwendend die Antwort von einem Mädchen. »Hier, die Taranteln sind viel interessanter.«

»Quatsch! Habt ihr schon die Warane gesehen? Das sind echte Bringer!«

»Oder hier: echte Salamander. Die sehen aus wie die im Schuhgeschäft!«

Aus jeder Ecke des Terrariums kamen die Rufe, dass ausgerechnet dort die aufregendsten, spannendsten und seltensten Tiere zu sehen seien.

Marion ging langsam und unbemerkt in die Nähe der Krokodile. Mit zusammengekniffenen Augen bemühte sie sich Kambu zu entdecken. Sie konnte ihn nicht erkennen. Das beruhigte sie einerseits, denn das hieß, dass auch die anderen und wohl auch die Zoowärter Kambu nicht sehen würden. Andererseits aber machte sie sich Sorgen. Wo steckte ihr kleiner Freund?

Sie ging noch einen Schritt näher heran. Vorsichtig blickte sie sich um. Sie sah, wie Tobias auf sie zukam. Ein Alligator, der bewegungslos im Wasser gelegen hatte, hob sachte den Kopf. Tobias kam näher. Der Alligator richtete sich auf, öffnete sein riesiges Maul und stieß ein entsetzliches Fauchen aus. In dem Moment begann das Krokodilgehege zu leben.

Tobias blieb entsetzt stehen. Marion wusste, was jetzt kam. Die Befreiung Bimbalas begann. Die Krokodile rannten mit geöffneten Mäulern auf die Glasscheibe zu und fauchten wütend, die Echsen sprangen in wildem Tempo durch die Büsche, selbst die extrem langsamen Schildkröten krabbelten ins Wasser, in dem sie beweglicher waren, und veranstalteten dort ein großes Tohuwabohu.

Das Durcheinander übertrug sich sofort auch auf die anderen Gehege und Vitrinen. Zischend schlängelten sich die

Schlangen durch den heißen Sand ihrer Glaskästen. Die zwei riesigen Komodo-Warane rissen drohend ihre Mäuler auf, als wollten sie jeder auf der Stelle zwei Ziegen oder ersatzweise auch einen der Besucher verschlingen. Die Salamander flitzten in ihrem Kasten hin und her. In wilder Panik hüpften, flogen, sprangen und krabbelten die Taranteln, Spinnen, Insekten und Wüstenmäuse fauchend, schreiend, summend oder kreischend durch ihre Gehege, Käfige und Glaskästen, als würde das Terrarium brennen und ihrer aller Leben bedrohen. Erschrocken fuhren die Kinder und die übrigen Zoobesucher zusammen. Verwirrt drehte Marions Lehrerin sich um sich selbst um herauszubekommen, was eigentlich los war. Hektisch stürmten vier Zoowärter durchs Terrarium, blickten hilflos und verzweifelt von einem Gehege zum anderen und schrien aufgeregt durcheinander.

»Was ist denn hier los?«, fragte einer und kratzte sich am Kopf.

»Tu doch was!«, schlug ein anderer lauthals vor.

»Was denn, mein Gott?«, bekam er zur Antwort.

»Ich weiß doch auch nicht, was hier los ist«, jammerte der dritte Wärter. »Am besten, wir rufen den Chef.«

»Den Chef?«, wunderte sich der Vierte. »Der ist doch wohl der Letzte, der weiß, wie man mit Tieren umgeht.« Während er das sagte, drehte er sich zur Lehrerin herum und fuhr sie barsch an: »Was haben Sie hier angestellt?«

»Wir?«, entrüstete sich die Lehrerin. »Wir haben überhaupt nichts angestellt. Das ist ja wohl die Höhe!«

Marion beobachtete, wie der Streit zwischen ihrer Lehrerin und den Wärtern immer heftiger wurde. Die Tiere sorgten unvermindert für einen ohrenbetäubenden Lärm, ihre

Mitschüler hatten sich längst in eine sichere Ecke verkrochen und warteten gespannt darauf, was passierte.

Marion nutzte die Chance. Sie wusste als Einzige, was das Chaos zu bedeuten hatte. Es war Teil ihres Plans: Kambu hatte mit allen Tieren im Terrarium verabredet ein großes Durcheinander herzustellen, wenn Marion auftauchte. Haargenau hatte er den Tieren das Mädchen beschrieben. Das wilde Durcheinander sollte alle Anwesenden im Terrarium ablenken, damit Marion genügend Zeit hatte mit einem Glasschneider den Glaskasten von Bimbala aufzuschneiden und die Vogelspinne zu befreien.

Aufgeregt fasste Marion in ihre Hosentasche und tastete nach dem Glasschneider. Schnell vergewisserte sie sich, dass sie auch von niemandem beobachtet wurde.

»Irgendetwas müssen Sie gemacht haben. Sehen Sie sich doch die Tiere an!«, hörte Marion den Wärter brüllen.

Ihre Lehrerin verteidigte sich weiterhin tapfer. »Was können wir denn dafür, wenn Sie Ihre Tiere nicht im Griff haben«, gab sie wütend zurück.

Die merken bestimmt nichts, dachte Marion.

Nur Tobias hatte sich von dem Durcheinander nicht ablenken lassen. Noch immer stand er neben Marion und beobachtete, wie sie schnell zum Glaskäfig der Vogelspinne eilte. Marion gab ihm ein energisches Zeichen, zu schweigen. Es half nichts. Auch wenn Tobias jetzt alles mitbekommen würde. Die Befreiung musste sein, und zwar jetzt. Nie wieder würde die Gelegenheit so günstig sein.

Beherzt zog Marion den Glasschneider aus der Tasche und begann einen großen Schnitt in die Frontscheibe zu ritzen.

Tobias hielt den Atem an, dann sprang er auf Marion zu

und riss ihren Arm herunter. »Bist du verrückt?«, fragte er entsetzt. »Du machst ja den Kasten kaputt.«

Marion blickte Tobias eindringlich an, schubste ihn sanft, aber energisch beiseite und bedeutete ihm abermals zu schweigen und sie nicht zu verraten. Entschlossen ritzte sie eine zweite Linie ins Glas.

»Mensch, Marion!«, warnte Tobias nervös. »Das kannst du doch nicht tun! Da sitzt eine Vogelspinne drinnen. Die ist gefährl…!« *Gefährlich* wollte Tobias eigentlich noch sagen und noch vieles andere. Dass sie die Scheibe ersetzen müsste und die bestimmt sehr teuer sei, dass die ganze Klasse Hausverbot kriegen könnte und … und … und.

Aber Marion fuhr energisch herum und warf Tobias einen ernsten Blick zu, der unmissverständlich zum Ausdruck brachte: *Ich weiß, was ich tu! Hilf mir und halt mir den Rücken frei!*

Tobias schluckte. Er war fest davon überzeugt, dass Marion eine große Dummheit machte. Aber er wollte sich auch nicht noch einmal mit ihr verkrachen, wo sie sich doch gerade versöhnt hatten. Ihr Blick duldete außerdem keinen Widerspruch. Ängstlich sah er sich um: Noch immer drohten die Krokodile mit ihren scharfen Zähnen, sprangen die Echsen, zischten die Schlangen und fauchten die Warane.

Einige Kinder aus der Schulklasse hatten sich schon draußen in Sicherheit gebracht, während die Lehrerin weiterhin die Anschuldigungen der Wärter abwehrte, die nach wie vor nicht wussten, was sie Sinnvolleres tun konnten als der Schulklasse die Schuld an dem Chaos zu geben.

Marion hatte inzwischen ein kleines, krummes Viereck in die Vitrine geschnitten. Aus der zweiten Hosentasche zog sie einen Stein, der in ein Taschentuch gewickelt war, holte weit mit dem Arm aus und schlug das gläserne Viereck aus der Scheibe heraus. Klirrend zersprang das Glas und die Scheibe hatte ein eckiges Loch.

Tobias zuckte zusammen, Marion sah sich suchend nach Bimbala um. Von ihr war nichts zu sehen. Das konnte doch nicht sein! Bimbala wusste doch Bescheid. Längst hätte sie aus ihrem Strauch herauskrabbeln müssen um sich zu befreien und bei Marion verstecken zu lassen. Aber es geschah nichts. Marion verstand die Welt nicht mehr. Verdammt, was war hier los?

Komm doch, Bimbala!, flehte sie innerlich.

»Komm doch!«, jammerte Tobias, der großen Ärger befürchtete, wenn sie nicht sofort machten, dass sie hier wegkamen.

»Kommt, Kinder!«, rief die Lehrerin, die die Nase voll

davon hatte, sich mit den flegelhaften Wärtern herumzustreiten.

»Komm hierher, Marion!«, rief da noch jemand – die einzige Aufforderung, auf die Marion reagierte. Denn das war die Stimme von Kambu!

Marion fuhr wild herum, suchte das Krokodilgehege hektisch mit den Augen ab, konnte ihn aber nicht entdecken.

»Hier bin ich!«, rief Kambu. Marion folgte mit ihrem Blick der Stimme. Die Stimme kam von oben!

Marion warf den Kopf in den Nacken und schaute an die Decke. Da sah sie ihn! Kambu hielt sich mit seinem Greifschwanz am Gitter einer Lampe fest und baumelte wie eine schlecht befestigte Glühbirne von der Decke herunter. *Um Himmels willen, Kambu!,* schoss es Marion durch den Kopf.

»Deine Ratte!«, rief Tobias fassungslos. Aber bevor er noch mehr sagen konnte, ließ sich Kambu von der Decke herunter in Marions Arme plumpsen. Geistesgegenwärtig hatte sie ihren kleinen Freund aufgefangen und ließ ihn mit einer Reflexbewegung unter der Baseballmütze verschwinden. Tobias stand mit großen Augen und aufgerissenem Mund da.

Marion reagierte instinktiv. Blitzartig fasste sie Tobias an der Hand und raste aus dem Terrarium hinaus. Die staunenden Blicke ihrer Lehrerin ignorierte sie ebenso wie irgendwelche Fragen ihrer Mitschüler. Mit Tobias an der Hand huschte Marion um die nächste Hecke, ließ sich erschöpft auf eine Parkbank fallen, atmete schwer – weniger vor Anstrengung als vor Aufregung –, griff Kambu unter der Mütze hervor und fragte nach Bimbala.

Tobias kam sich vor wie in einem Film. Was er in den vergangenen zehn Minuten erlebt hatte, war einfach unglaublich: Statt eines gemütlichen Spaziergangs mit der Schulklasse durchs Terrarium waren sämtliche Tiere ausgerastet, hatten die Zoowärter herumgeschrien, seine Mitschüler sich aus Angst verkrümelt, die Lehrerin durch die Gegend gebrüllt und Marion die Vitrine einer Vogelspinne aufgebrochen. Zu allem Überfluss war dann noch ein Chamäleon direkt von der Decke in die Arme seiner alten, neuen Freundin gefallen und mit beiden war es bis zu dieser Parkbank geflüchtet. Gerne hätte Tobias gefragt, ob er träumte, wenn es ihm vor lauter Fassungslosigkeit nicht die Sprache verschlagen hätte. Und um den Wahnsinn auf die Spitze zu treiben begann das Chamäleon nun auch noch zu sprechen.

»Bimbala wurde verkauft!«, sagte Kambu. »Ich habe es zu spät mitbekommen um dich und die Tiere zu informieren. Deshalb lief alles nach Plan, außer dass Bimbala eben schon weg war.«

Verkauft?, schrie Marion stumm und sprang von der Bank hoch. Kambu kreischte und konnte sich gerade noch mit seinem Greifschwanz an Marions Gürtel festhalten um nicht abzustürzen.

»Ja, verkauft!«, antwortete er. »Kurz bevor ihr kamt, war ein Mann da und hat sie abgeholt, in einem blauen Karton, in dem man sonst Torten oder Kuchen verkauft.«

Marion setzte sich wieder. Sie war kreideweiß im Gesicht.

Tobias hingegen begann zu ahnen, dass er nicht träumte, und fing an sich zu besinnen. »Kannst du mir mal erklären, was . . .«

Da wurde er unterbrochen. Marion drehte sich zu ihm um, riss ihn am Ärmel und machte ihm eindringlich klar, dass sie seine Autonummern-Notizen sehen wollte. Sie wiederholte ihre Forderung stumm mit den Lippen so lange, bis Tobias sie verstanden hatte. Er zog sein Notizbuch aus der Hosentasche und zeigte es Marion.

Wild blätterte sie darin herum. Plötzlich hielt sie inne. Da war er: Der blaue Lieferwagen der Firma Kramer Backwaren. Der Wagen, über den sie noch so gelacht hatten, weil auf der Autotür *K... ackwaren* stand. Es war ein Mann in das Auto eingestiegen. Ein Mann mit einem blauen Karton. Darin war Bimbala!

»Was ist denn bloß los?«, wollte Tobias nun endlich wissen. Marion achtete nicht auf die Frage. Wieder ergriff sie Tobias' Hand und lief los. Vielleicht stand der LKW noch auf dem Parkplatz?

Aber Kambu fasste sich ein Herz. Während er auf Marions Kopf unsanft hin und her geschaukelt wurde, erklärte er Tobias die ganze Geschichte. Tobias traute seinen Ohren nicht. Aber zumindest war die Geschichte so abenteuerlich, dass er ganz vergaß, dass er noch wenige Tage zuvor schreckliche Angst vor diesem Vieh mit den Glubschaugen gehabt hatte. Jetzt aber entpuppte sich dieses Monster als durchaus spannender Geschichtenerzähler.

Was Tobias zu diesem Zeitpunkt noch nicht ahnte, war, dass er selbst von nun an ein Teil dieses Abenteuers war. Aber es sollte nicht mehr lange dauern, da würde ihm das in aller Unausweichlichkeit klar werden.

Die Verfolgung

Die Lehrerin sah müde aus. Schwarze Ringe unter den Lidern verwandelten ihre Augen in Höhleneingänge, spröde Lippen bröckelten in dem aschfahlen Gesicht wie Zuckerguss auf vertrocknetem Kuchenteig. Langsam schritt sie zum Pult und sah betrübt auf ihre Klasse.

So schlimm war doch der Ärger im Zoo auch wieder nicht, dachte Marion. Zwar war nach dem Streit der Ausflug ins Wasser gefallen, weil die Lehrerin alle Schüler nach Hause geschickt hatte. Aber sie hatte auch versprochen, dass der Zoobesuch ein anderes Mal wiederholt werde.

Die Lehrerin öffnete ihren trockenen Mund, fuhr sich mit der Zunge einmal quer über die Lippen, schluckte einige Male und begann mit rauer Stimme zu sprechen. Ein einziger Satz reichte aus um Totenstille in der Klasse hervorzurufen.

»Oliver ist verschwunden!«, sagte die Lehrerin, wartete die Reaktion der Klasse ab, räusperte sich und fuhr fort: »Ich dachte, er wäre krank. Aber gestern haben mich seine Eltern angerufen. Er ist seit drei Tagen nicht mehr zu Hause erschienen.« Wieder machte sie eine Pause.

In der Klasse rührte sich nichts. Ein Bleistift rollte irgendwo vom Tisch und schepperte schier endlos auf dem Fußboden. Man hätte fast das Atmen der Schüler hören können, so still war es.

»Die Polizei ist schon eingeschaltet«, berichtete die Lehrerin mit leiser, vibrierender Stimme. »Aber es gibt keine Spur. Hat jemand von euch etwas bemerkt? Ist euch an Oliver irgendetwas aufgefallen?«

Die Schüler schwiegen. Einige schüttelten den Kopf zur stummen Verneinung. Niemand wusste etwas. Oliver gehörte zu den Rabauken in der Klasse. Bei Gruppenentscheidungen stand er immer vorne an, forderte stets lautstark die Durchsetzung seiner Wünsche. In seiner Freizeit aber galt er eher als Einzelgänger. Niemand aus der Klasse war wirklich mit ihm befreundet. Kaum jemand wusste, was er tagsüber so trieb. Und Oliver erzählte auch nur selten etwas. Er hasste seinen Klavierunterricht, das war bekannt. Er spielte begeistert Fußball, auch das wusste man, und er durfte nicht Mitglied in einem Fußballverein werden. Aber sonst?

»Hat er denn überhaupt nichts gesagt?«, bohrte die Lehrerin weiter.

»Vielleicht im Stadtpark?«, vermutete ein Junge zaghaft. Er berichtete, dass er selbst oft im Park Fußball spielte. Dabei hatte er Oliver dort schon einige Male gesehen, wenn der wieder einmal den Klavierunterricht geschwänzt hatte.

Die Lehrerin bedankte sich für den Hinweis. Fragend blickte sie in die Klasse. Es gab doch sicher noch mehr Beobachtungen?

Es blieb still.

»Na schön«, beendete die Lehrerin die erdrückende Stille. »Dann machen wir es anders: Wir sammeln jetzt einmal hier an der Tafel alles, was wir über Oliver wissen. Ich fange an: Er hat Klavierunterricht, mag ihn aber nicht. Er mag Fußball. Er geht ab und zu in den Stadtpark. Weiter?«

Zögerlich meldete sich ein Mädchen: »Er klaut immer meine Radiergummis.«

Ein Proteststurm fegte durch den Raum. Oliver war verschwunden und die alte Petze fing jetzt mit solchen Lappalien an. Das Mädchen sank schüchtern in ihrem Stuhl zusammen.

Ihre Lehrerin kam ihr zu Hilfe. »Es geht doch jetzt nicht ums Verpetzen!«, ermahnte sie. »Es geht darum, der Polizei zu helfen Oliver wieder zu finden. Die Polizei kennt Oliver aber nicht. Wir können helfen, dass sie sich ein genaues Bild von Oliver machen kann. Je genauer dieses Bild ist, desto eher gibt es auch Hinweise. Also los. Was noch?«

Wie im Kriminalroman, dachte Marion. *Da sagen die Kommissare auch immer, dass selbst der kleinste Hinweis wichtig sein könnte.* Entschlossen meldete sie sich, kam dran, schritt zur Tafel und schrieb daran: »Er hat Angst.«

Verblüfft sah die Lehrerin auf den Satz. »Wie kommst du denn darauf?«, fragte sie.

Marion winkte sich Tobias nach vorne, der immerhin deutlich besser von ihren Lippen ablesen konnte als die Lehrerin. »Oliver sagt immer vor«, erklärte Marion. »Immer, wenn ich mich melde, brüllt er dazwischen. Er hat Angst, nicht der Erste und Wichtigste zu sein.«

Die Lehrerin sah Marion mit großen Augen an, legte nachdenklich ihr Stückchen Kreide auf das Pult und schwieg. Weshalb war sie nicht darauf gekommen? Täglich hatte sie Oliver mehrere Stunden im Unterricht. Auch sie hatte das ungestüme Verhalten von Oliver bemerkt. Sie wusste, dass er vorlaut und wild war, dass er andere Schüler gerne zurückdrängte und schnell das Wort an sich riss. Das alles hatte auch sie bemerkt. Nie aber war ihr der Gedanke gekommen, dass Oliver dies aus Angst tat. Aus Angst, nicht genügend beachtet zu werden. Aber diese stumme Schülerin schrieb das so selbstverständlich an die Tafel, als wäre es nichts.

Die Lehrerin schluckte, atmete einmal kräftig durch, nahm unsicher die Kreide wieder zur Hand und fragte, wobei ihre Stimme noch rauer klang: »Hatte er denn keine Freunde?« Mit jeder Frage wurde ihr klarer, wie wenig sie über ihre Schüler wusste.

»Er wünschte sich ein Tier«, lautete die Antwort von einem anderen Jungen. »Das hat er mir mal erzählt, als er mich mit meinem Hund traf. ›So einen wünsche ich mir zu Weihnachten‹, hat er gesagt, ›nur größer, kräftiger und schöner.‹ Typisch. Bei ihm musste immer alles besser sein. Aber bekommen hat er nie einen.«

Marion wurde nachdenklich. *Ein Tier! Wo war Bimbala?* Als sie auf dem Parkplatz am Zoo angekommen waren, war der Wagen natürlich schon fort gewesen. Er war aber die einzige Spur. Sie mussten ihn wieder finden. Noch am gleichen Nachmittag war sie gemeinsam mit Tobias zur Bäckerei Kramer gefahren. Aber der hatte den LKW vor einiger Zeit verkauft. Die Adresse von dem Käufer besaß er nicht mehr.

Sie mussten die Suche fortsetzen und jetzt kam auch noch das Verschwinden von Oliver dazu. Er war ein Ekel, sie mochte ihn nicht. Aber wenn er verschwunden war, musste man sich darum kümmern. Sicher hockte er irgendwo und brauchte Hilfe.

Oliver war verschwunden. Bimbala war verschwunden. Was mochte noch alles kommen? Marion war froh, als die Stunde beendet war. Gemeinsam mit den anderen Kindern sah sie zu, wie ein Polizist den Klassenraum betrat und sich alle Notizen von der Tafel abschrieb. Da war eine ganze Menge zusammengekommen. Auf der Tafel war zu lesen:

Klavierunterricht, mag ihn aber nicht
mag Fußball, aber kein Verein
besucht oft den Stadtpark
er hat Angst
wünscht sich ein Tier
stiehlt Radiergummis
fährt gerne Mountainbike
liebt Abenteuer
macht viel Blödsinn
spielt heimlich Fußball
hasst Tennis
besitzt immer die neuesten Dinge

Auch Marion las sich intensiv Punkt für Punkt durch. Bei dem Punkt »liebt Abenteuer« stockte sie. Was hatte der Junge erzählt? Oliver fährt oft mit seinem Bike durch die Gegend. Dabei hatte er eine spannende Entdeckung gemacht. Ein geheimnisvoller Ort. Leere Fabrikhallen, riesige, leere Gebäude. Mehr aber wollte Oliver nicht verraten. Weder, was das genau für ein Ort war, noch, wo er sich befand. Oliver wollte sich nur mal wieder wichtig machen, dass er einen »Geisterort« entdeckt hatte, wie Oliver es ausgedrückt hatte.

Marion überlegte. In ihren Kriminalromanen war es immer viel einfacher. Da dachte ein Kommissar einige Minuten über ein paar Einzelheiten nach und – simsalabim – ahnte er die Zusammenhänge und war genau auf der richtigen Spur. Im wirklichen Leben war das alles viel schwieriger.

Der Polizist vor der Tafel schien das ähnlich zu sehen. Er sah jedenfalls nicht sehr glücklich aus, nachdem er die einzelnen Stichworte in ein kleines Notizbüchlein abgeschrieben hatte. Zuerst hatte die Polizei an eine Entführung gedacht, weil Olivers Eltern ziemlich viel Geld besaßen. Da sich aber noch immer niemand mit irgendeiner Forderung gemeldet hatte, vermutete die Polizei allmählich, Oliver sei einfach nur weggelaufen.

Marion dachte darüber nach. Wenn Oliver weggelaufen war, dann sicher an diesen geheimnisvollen Ort. Sie musste mehr darüber erfahren. Sie wusste auch schon, wie, denn Marion hatte einen Helfer, von dem die Polizei nur träumen konnte!

»Hey, Marion! Bleibt es dabei: Wir treffen uns heute Nachmittag bei der Post?« Tobias war zu Marion getreten.

Sie drehte sich nach ihm um und nickte. Richtig: die Verabredung mit Tobias. Sie wollte ihn kein zweites Mal sitzen lassen. Aber diesmal war's ja auch noch wichtiger. Es ging um Bimbala.

Nachdem Kambu Tobias alles erzählt hatte, war dessen Angst vor dem Chamäleon wie weggeblasen. Marion und Kambu waren einem Abenteuer auf der Spur und seine Autonummernsammlung konnte vielleicht helfen. Da gab es kein Halten mehr. Sofort hatte Tobias alle seine Notizen durchforstet und festgestellt, dass er den blauen LKW schon dreimal vor der Post notiert hatte, und zwar jeweils Freitag, nachmittags zwischen 15.00 und 16.00 Uhr. Und heute war Freitag! Vielleicht hatten sie Glück. Marion und Tobias hatten beschlossen sich ab halb drei in der Nähe der Post auf die Lauer zu legen.

Tatsächlich! Um kurz nach drei Uhr sah Tobias den blauen LKW auf den Parkplatz fahren. Sofort griff er zu Kugelschreiber und Papier und notierte sich genau die üblichen Daten des Autos sowie dessen Ankunftszeit.

»Die Frage ist, was der immer so regelmäßig bei der Post macht«, sagte Tobias.

Kambu widersprach. »Nein, die Frage ist vielmehr, warum er Bimbala gekauft hat und wo sie jetzt ist.«

Vielleicht hängt auch beides miteinander zusammen, überlegte Marion.

Es gab nur eine Möglichkeit dies zu erfahren, entschied sie, während sie beobachtete, wie der Mann mehrere Pakete aus dem LKW auslud. Sie mussten den Mann ablenken um herauszubekommen, wer der Absender und Empfänger der Pakete war. Also war ein Täuschungsmanöver nötig. Kambu musste Marions Stimme sein; Marion sollte die Paketaufkleber lesen und auch Tobias hatte seine Rolle in Marions Überlegungen.

Haarklein erklärte Marion Kambu und Tobias ihren Plan. Tobias zitterten die Hände, nachdem er ihn verstanden hatte. Es war gar nicht so leicht, Marions Idee in die Tat umzusetzen. Aber er wollte es versuchen. Kambu lachte. Das konnte ja wieder turbulent werden! Kambu dachte an das Chaos im Zoo.

»Also los!«, lispelte er und die drei marschierten in die Post. Natürlich marschierten nur Marion und Tobias. Kambu hockte wie immer gemütlich unter der Baseballmütze auf Marions Kopf. An der Eingangstür blieben sie stehen. Der Mann stand als Dritter in der Schlange vor dem Paketschalter. Neben sich hatte er eine Sackkarre mit fünf braunen Paketen abgestellt. Marion reihte sich direkt hinter ihm ein und wartete, bis er dran war. In dem Moment stürzte wie verabredet Tobias mit hochrotem Kopf (er hatte extra die

Luft angehalten) in die Schalterhalle und schrie aus Leibeskräften: »Gehört jemandem der blaue LKW?«

Der Mann mit den Paketen drehte sich sofort um. »Blauer LKW?«, fragte er nach. »Was ist damit?«

Tobias atmete schwer aus und hechelte. Er wollte den Eindruck erwecken, als sei er sehr aufgeregt und abgehetzt. Es gelang ihm ganz gut, fand Marion.

»Da ist eben ein Sattelschlepper vorbeigedonnert«, ächzte Tobias. »Der hat Ihnen das ganze Heck eingebeult. Aber jemand hat schon die Polizei gerufen.«

»Die Polizei?«, rief der Mann entsetzt. »Wieso denn die Polizei?« In Windeseile hetzte er nach draußen auf die Straße, wie Marion vermutet hatte. Jetzt war es eine Frage von Sekunden. Tobias lief weg. Er wollte sich nicht von dem Mann wegen seiner Lüge zur Rede stellen lassen. Marion wickelte sich ein Halstuch um den Hals, zog es hoch um ihren Mund zu verdecken und machte einen entschlossenen Schritt vor den Schalter.

»Dann kann ich die Pakete ja aufgeben, solange mein Vater draußen ist«, lispelte Kambu aus seinem Versteck unter der Mütze zu dem Beamten hinter dem Schalter. »Was kostet denn das?«

Der Beamte sah Marion durch die Glasscheibe an, wunderte sich ein wenig, warum sie ihren Mund verdeckt hatte, aber wie sollte er auch auf die Idee kommen, dass statt des Mädchens ein verstecktes Chamäleon zu ihm sprach.

»Das kommt darauf an, wo die hingehen sollen und wie schwer die sind«, sagte er schließlich nur.

Während er das sagte, hatte Marion schon die Etiketten auf dem obersten Paket gelesen. *Mist!* Als Absender war nur ein Postfach angegeben. Kein Straßenname. Empfänger war ein gewisser Heinz Huber in Stuttgart.

Kambu antwortete dem Beamten. »Na, wo die hingehen sollen, steht ja drauf. Oder können Sie nicht lesen?«

Marion zuckte zusammen. Sie wusste, Postbeamte mochten keine frechen Antworten. Es durfte auf keinen Fall zu einem Streit kommen. Sie hatten nicht viel Zeit.

Da! Die Rettung! Erst jetzt sah Marion, dass der Mann einige Papiere auf den Kisten liegen gelassen hatte. Es waren bereits ausgefüllte Paketkarten. Der Mann war gut vorbereitet.

Der Postbeamte blaffte zurück: »Da hat dein Vater sich ja ein reizendes Herzchen großgezogen. Bist du immer so frech?« Marion reichte dem Beamten schnell die Papiere und Kambu reagierte ausnahmsweise mal richtig: »Entschuldigung!«, murmelte er.

Der Postbeamte widmete sich wieder den Papieren. »Ach so, das sind die Hunde und Katzen«, murmelte er. »Die kommen ja jede Woche. Diesmal sind es ... ja, drei Hunde und zwei Katzen. Hier steht ja alles. Die Papiere sind richtig ausgefüllt. Das macht dann zusammen ...«

Den Preis hörte Marion nicht mehr. In den Paketen waren lebende Tiere! Tiertransporte! Sie schrak zusammen. Kambu quiekte auf.

Marion machte auf dem Absatz kehrt und raste aus der Schalterhalle. An der Tür rannte sie gegen den Mann, der wutschnaubend die Post betrat.

»Wenn ich den Bengel erwische!«, schnaubte er. »Von wegen Unfall!« Er schubste Marion grob beiseite, was ihr in diesem Moment nur recht war. Sie machte, dass sie fortkam, und flitzte um die nächste Ecke, hinter der Tobias schon aufgeregt wartete. Kambu erzählte ihm die wichtige Neuigkeit.

Tobias pfiff leise durch die Zähne. »Ein Tierhändler. Eigentlich nichts Besonderes. Ich habe das mal im Fernsehen gesehen. Viele Zoohandlungen bekommen ihre Tiere per Post geschickt. Ich frage mich nur, weshalb der eine Vogelspinne gekauft hat, wenn er Katzen und Hunde verschickt.«

Marion nickte zustimmend. Genau das fragte sie sich auch. Sie schlug vor es herauszubekommen.

Tobias kratzte sich nachdenklich am Kopf. »Wie willst du denn das machen?«, fragte er.

Marion zog einen kleinen Block und einen Stift aus ihrer Hosentasche und schrieb etwas auf. Kambu sah von ihrem Kopf herunter auf das Geschriebene. »Das ist eine Adresse«, bedeutete ihm Marion und erklärte ihm, dass darin der Empfänger der Pakete stand. Ihre Idee war den Empfänger einfach unter irgendeinem Vorwand anzurufen. Vielleicht wusste der etwas mehr und verplapperte sich.

»Eine gute Idee«, bestätigte Kambu. Tobias versprach sich zwar nicht allzu viel davon, aber einen Versuch war es immerhin wert, fand er.

Gemeinsam gingen sie zur nächsten Telefonzelle. Tobias rief die Auskunft an und hatte kurze Zeit später die Telefonnummer des Hunde- oder Katzenempfängers herausbekommen.

»So, nun kann es losgehen«, bemerkte er. »Aber was sollen wir denn am Telefon sagen? Ich trau mich nicht.«

Marion verdrehte die Augen. *Wenn es schwierig wird, macht dieser Tobias ständig Probleme,* dachte sie. Sie nahm Kambu vom Kopf und schaute ihn erwartungsvoll an.

»Ich?«, kreischte Kambu. »Ich kenne mich doch überhaupt

nicht damit aus, wie in Deutschland Geschäfte gemacht werden. Was soll ich denn sagen?«

Marion schaute ihn böse an.

»Schon gut, schon gut«, wehrte Kambu sofort ab. »Immer auf die Kleinsten.«

Tobias musste lachen. Er konnte sich einfach nicht daran gewöhnen, dass ein kleines glubschäugiges Reptil mit ellenlanger Zunge so vor sich hin plapperte wie ein Mensch. *Wenn uns jetzt jemand beobachtet,* dachte er, *wie hier zwei Kinder in einer Telefonzelle stehen und mit einem Chamäleon diskutieren, der würde schreiend davonlaufen.*

Marion nahm den Hörer ab, warf ein Eurostück in den Geldschlitz und wählte die Nummer. Es tutete dreimal, dann meldete sich am anderen Ende der Leitung jemand.

»Huber!«, sagte die Stimme.

Kambu räusperte sich. »Ähem, guten Tag, Herr Huber.«

»Guten Tag!«, antwortete Herr Huber und schwieg.

Auch Kambu schwieg.

»Was ist denn?«, fragte Herr Huber nach einer Pause. »Wer ist denn da?«

Marion gab Kambu einen kleinen Klaps auf den Kopf. Kambu quiekte.

»Hallo?«, rief Herr Huber.

Kambu sprach endlich: »Ja, wissen Sie, es geht um Ihren Hund, den Sie bestellt haben.«

»Was denn für einen Hund?«, unterbrach ihn Herr Huber.

Kambu schaute nervös auf Marion und Tobias gleichzeitig, obwohl die beiden links und rechts von ihm standen.

»Katze«, formte Marion mit den Lippen. *Endlich mal ein Vorteil, dass ich stumm bin,* dachte Marion. *Ich kann mit Kambu*

reden, ohne dass ein gewisser Herr Huber davon irgendetwas mitbekommt.

Kambu hatte verstanden. »Ja, Entschuldigung. Ich meine natürlich, es geht um die Katze, die Sie bestellt haben.«

»Wieso Katze?«, fragte Herr Huber verblüfft.

Kambu war nun ziemlich verwirrt. Marion und Tobias sahen sich fragend an. Marion hatte doch ganz deutlich den Aufkleber auf dem Paket gesehen. Das Paket mit dem Hund oder der Katze war eindeutig an diesen Herrn Huber adressiert. Wieso wusste der von nichts?

»Frag ihn noch mal, ob er nicht eine Katze bestellt hat!«, forderte Marion Kambu stumm auf. Kambu gehorchte.

»Hören Sie, Herr Huber«, begann das Chamäleon und bemühte sich ganz sicher zu wirken. »Sie haben doch bei uns eine Katze bestellt. Heute Morgen ist das Paket abgeschickt worden und ...«

»Jetzt reicht's!«, polterte Herr Huber dazwischen. »Ich habe keine Katze bestellt, sondern eine Klapperschlange. Wenn Sie mir jetzt eine Katze geschickt haben, können Sie was erleben. Ich habe nämlich eine Katzenallergie.«

Kambu verschlug es die Sprache. Marion staunte das Reptil mit großen Augen an. Tobias reagierte geistesgegenwärtig. Er legte schnell die Hand auf die Telefongabel. Das Gespräch war beendet.

»Eine Klapperschlange!«, wiederholte Kambu langsam. Tobias pfiff wieder durch die Zähne. Marion legte ihre Stirn in Falten. Plötzlich schnippte sie mit den Fingern.

»Was ist?«, fragte Kambu.

Marion sprach mit Mund- und Handbewegungen wild auf Kambu ein.

Tobias kam nicht mit. »Was ist? Was sagt sie?«, forderte er Kambus Hilfe.

Kambu übersetzte: »Marion sagt: Wo Katze draufsteht, muss noch lange keine Katze drin sein. Der Mann am Postschalter hat jedenfalls nicht nachgeschaut. Dem reichten die Papiere.«

Tobias schlug sich mit der Hand vor die Stirn. »Jetzt weiß ich, weshalb der Mann die Vogelspinne gekauft hat. Er verscheuert sie weiter.«

»Wir müssen was tun!«, rief Kambu entsetzt.

»Aber was?« Tobias zuckte hilflos mit den Schultern.

Marion aber handelte. Mit einem plötzlichen Ruck riss sie die Tür der Telefonzelle auf und rannte hinaus. Kambu krallte sich erschrocken an ihrem T-Shirt fest und suchte zusätzlich Halt mit seinem Greifschwanz. Beide Augen rollten panisch im Kreis um irgendeinen sicheren Platz an Marions Körper zu erspähen. Er fand keinen. Ängstlich baumelte er an dem T-Shirt und wippte fürchterlich hin und her.

»Bleib stehen!«, flehte er. »Was soll das?«

Aber Marion rannte, so schnell sie konnte, den Fußweg entlang, sah blitzschnell nach links und rechts, überquerte die Straße. Ein Auto bremste mit quietschenden Reifen und hupte Marion wild an. Marion reagierte nicht, sondern raste auf der anderen Straßenseite weiter, bog um die nächste Ecke, sprang mit einem Riesensatz über eine Einkaufstasche, die eine Oma auf den Fußweg gestellt hatte, rempelte einen Rentner an und lief wie von Sinnen weiter.

»Oje, oje!«, jammerte Kambu an ihrem T-Shirt. Abrupt blieb Marion stehen. Kambu knallte durch die Bremswirkung mit der Stirn an Marions Bauch, fluchte vor sich hin und nutzte eiligst die Gelegenheit schnell an Marions Körper hochzukrabbeln und es sich auf ihrem Kopf bequem zu machen.

»Wenn du jetzt wieder so losrennst, ziehe ich dich an den Haaren«, drohte er.

Marion hörte nicht auf ihn, sondern zeigte nur aufgeregt mit ausgestrecktem Arm in eine Richtung. Kambu folgte der Richtung mit einem Auge, während er mit dem anderen sicherheitshalber Marion im Blick behielt. Mit dem ersten Auge sah er einen Parkplatz.

»Was ist denn dort?«, wollte er gerade fragen. Da sah er es schon. Der blaue LKW stand noch dort! Deshalb war Marion so schnell gerannt. Sie hatte gehofft, dass der Mann mit dem LKW noch nicht weggefahren war. Sie hatte Recht behalten. Kambu suchte mit beiden Augen die Gegend ab. Gleichzeitig in zwei verschiedene Richtungen, versteht sich. Endlich fand er den Mann.

»Schau nur!«, informierte er Marion. »Dort hinten an der Imbissbude steht der Mann und mampft.«

Marion zögerte keinen Augenblick. Wieder rannte sie los.

»O nein!«, schrie Kambu und klammerte sich an ihren Haaren fest. Marion spürte den Schmerz, aber das war jetzt nicht wichtig. Sie raste auf den Parkplatz zu, hoppelte durch eine Reihe parkender Autos hindurch, bis sie schließlich vor dem blauen LKW stand.

»Was hast du vor?«, wollte Kambu wissen. Er ahnte Schlimmes.

Marion prüfte die Seitentür des LKW. Heute war ihr Glückstag: Die Tür war offen! Mit einem entschlossenen Ruck riss sie die Seitentür auf, sprang auf die Ladefläche und schloss die Tür ebenso ruckartig von innen. Dann hockte sie sich auf eine der Kisten, die noch im Wagen standen, und atmete tief durch.

Kambu war völlig außer sich. »Bist du verrückt?«, schimpfte er. »Was wollen wir hier? Wenn der Mann gleich zurückkommt, sind wir fällig.«

Marion nahm Kambu von ihrem Kopf, hielt ihn sich vor den Mund und formte mit den Lippen langsam ein Wort.

Kambu las es ab. »Was!«, schrie er empört. »Was heißt hier Angsthase? Ich bin kein Angsthase!«

Eine Tür klappte. Ein Motor sprang an. Der Wagen vibrierte. Der Mann war zurück!

»Wir fahren los!«, rief Kambu.

Marion nickte. Genau das wollte sie. Jetzt war sie gespannt, wo der Mann hinfuhr, ob es dort noch mehr Klapperschlangen gab. Vor allem aber hoffte sie am Ziel der Autofahrt Bimbala zu treffen!

Konzentriert sah Marion auf ihre Armbanduhr. Aus ihren Kriminalromanen wusste sie, dass die Fahrzeit wichtig werden konnte. Manchmal konnte man daraus schließen, welchen Weg der Fahrer gefahren und wo man schließlich gelandet war.

Kambu hockte auf ihrem Schoß und sah sich in dem dunklen Laster um. Ihm war unbehaglich zu Mute. Der dunkle, schaukelnde Raum, der sich mit unbekanntem Ziel fortbewegte, erinnerte ihn an seine lange Schiffsfahrt von Afrika nach Deutschland. Er seufzte laut. Wie gern würde er jetzt im heißen, sonnigen Afrika auf einer Bananenstaude sitzen und leckere Blätter verspeisen. *Nein! Keine Bananenstaude,* dachte Kambu. Nie wieder in seinem Leben wollte er auf einen Bananenbaum klettern. Viel zu gefährlich! Er wollte die schreckliche Reise kein zweites Mal machen wie Bimbala! Ach, Bimbala! Wenn sie sie doch bald finden würden!

Der Lastwagen bremste. Marion hielt sich an einem der Kartons fest, Kambu klammerte sich an Marion. »Verstecken!«, zeigte Marion an und kletterte hinter einen Stapel Kartons. Da schnappte schon das Schloss auf, die Seitentür rollte zurück und der Mann schaute in den Laderaum. Marion konnte ihn durch einen Spalt zwischen zwei Kartonstapeln beobachten. Ein weiterer Mann kam hinzu. Die beiden unterhielten sich. Marion und Kambu konnten jedes Wort verstehen.

»Eure Kisten stehen dort hinten«, sagte der neue Mann. »Du kannst dir den Hubwagen dort vorne nehmen.«

»Ist gut«, antwortete der Mann mit dem LKW knapp.

Dann entfernten sich beide Männer in verschiedene Richtungen.

Jetzt! Das war ihre Chance sich draußen umzusehen. Marion sprang hinter den Kartons hervor. Kambu klammerte sich noch immer fest an ihr T-Shirt. Vorsichtig steckte Marion den Kopf aus der Wagentür. Dann sprang sie hinaus, lief schnell um den LKW herum und ging dahinter in Deckung. Marion sah sich ein zweites Mal um und staunte: Sie waren im Hafen!

Kambu ließ seine Augen in unterschiedliche Richtungen rollen. Plötzlich stockte er. »Da vorne!«, rief er. »Den Mann dort kenne ich!«

Marion schaute nach dem Mann, der in einem beigefarbenen Safarianzug auf den Mann mit dem LKW zuging und ihn begrüßte.

»Das ist der Mann, der mich von der Bananenstaude geschlagen hat. Ich erinnere mich genau. Wir nannten ihn den Farblosen, weil er so blass ist!«, erzählte Kambu erregt.

Marion hörte aufmerksam zu ohne die beiden Männer aus den Augen zu lassen. *Was hatte ein Mann aus Afrika mit einem Händler zu tun, der Hunde und Katzen verkaufte?*, fragte sie sich.

Marion beschloss sich die Sache genauer anzusehen. Sie schlich um den LKW herum, sah gespannt auf die Männer, die sich nun lebhaft miteinander unterhielten. Unmöglich, jetzt unbemerkt zu den Kisten zu kommen, die neben den Männern aufgestapelt auf der Kaimauer standen. Marion hockte sich hin und wartete ab. Endlich verabschiedeten sich die Männer voneinander. Der Mann im Safarilook verschwand. Der Mann mit dem LKW begann die Kisten auf den Hubwagen zu laden. Als er damit fertig war, fuhr er an den LKW heran. Marion krabbelte schnell unter den Lastwagen um nicht gesehen zu werden. Kambu verkroch sich unter ihrem T-Shirt.

Der Mann stellte die Kisten ab und fuhr mit dem Hubwagen wieder davon um die restlichen Kisten zu holen. Marion lag bäuchlings unter dem Laster und konnte nur die unterste Kiste sowie die davonschreitenden Beine des Mannes erkennen. Vorsichtig robbte sie sich an die Kisten heran. Sachte klopfte sie an die unterste Kiste. Keine Reaktion. Marion klopfte etwas lauter gegen die Kiste. Wieder tat sich nichts. *Da ist niemals ein Hund drinnen,* dachte sie. *Der hätte längst gebellt.*

Kambu kroch auf Marions Rücken entlang und lugte mit seinem Kopf oben aus ihrem T-Shirt heraus. Er sah, wie Marion gegen die Kisten klopfte. Dann kroch er über ihren Kopf hinweg und hüpfte vor ihrer Nase auf den Fußboden. Er suchte nach einem Spalt, durch den er in das Innere der Kiste sehen konnte. Marion pochte noch einmal heftig gegen die Kiste. Jetzt hörte sie einen zischenden Laut. Kambu legte sich ganz dicht an die Kiste um mit seinen schwerhörigen Ohren alles mitzubekommen. Das Zischen in der Kiste wurde deutlicher. Plötzlich begann auch Kambu zu zischen, wobei er merkwürdige Verrenkungen machte. Marion wollte gerade nachfragen, was er dort tat, als sie das polternde Geräusch hörte, das vier Metallräder auf Asphalt verursachten. Marion schrak zurück, blickte an den Kisten vorbei auf die Straße. Sie sah den unteren Teil eines voll gepackten Hubwagens und ein Paar Beine direkt auf sie zukommen. Der Mensch kam zurück.

Eilig griff Marion nach Kambu, steckte ihn unter ihr T-Shirt und kroch wieder ganz unter den Lastwagen. Von unten hörte und beobachtete sie, wie der Mann unter lautem Ächzen die Kisten auf die Ladefläche hob. Über Marion und Kambu polterte es jedes Mal ohrenbetäubend, wenn der Mann wieder eine Kiste abgestellt hatte. Marion hielt sich die Ohren zu. Es war nicht zum Aushalten! Hoffentlich war der Kerl gleich fertig.

Von ferne dröhnte eine Schiffssirene tief und lang durch den Hafen. Ein Kran ratterte an der Kaimauer vorbei und über ihnen im Laster nahm das scheppernde Poltern kein Ende. Marion biss die Zähne zusammen.

Endlich war der Mann fertig. Mit einem lauten Rumms donnerte die Seitentür zu, gefolgt von dem Klappen der Fahrertür. Dann startete der Laster.

Marion hielt den Atem an. Der Wagen vibrierte, die Auspuffgase verbreiteten einen erbärmlichen Gestank. Marion unterdrückte das Würgen, das sich in ihrem Hals breit machte. Kambu hustete. Der Fahrer legte ratschend einen Gang ein. Marion zitterte. Der Lastwagen wollte losfahren und sie lag darunter! Schützend legte sie ihre Arme über den Kopf, den sie tief eingezogen hatte. Es dröhnte und krachte, qualmte und schepperte. Marion dachte an Düsenjäger und Starfighter, an Gewitter und Explosionen. Sie machte sich so platt wie möglich und hielt die Luft an. Dann walzten links und rechts die riesigen Räder vorbei. Der Lastwagen brauste über Marion und Kambu hinweg.

Plötzlich war es ruhig.

Der Lastwagen war verschwunden, die Schiffssirene verstummt, selbst der Kran hatte offensichtlich genau in diesem Moment eine Pause eingelegt. Marion lauschte auf das Kreischen einiger Möwen. Sie spürte den warmen Sonnenstrahl auf ihrem Rücken. Ein gutes Zeichen. Langsam löste Marion ihre Arme vom Kopf, hob ihn vorsichtig in die Höhe und sah sich ängstlich um. Der Lastwagen war fort, sie lag noch wohlbehalten da. Sie atmete tief durch.

»Alles klar? Leben wir noch?«, fragte eine zitternde Stimme aus Marions T-Shirt.

Marion sah von oben in das Hemd hinein und lächelte Kambu zu. »Noch mal Glück gehabt«, zeigte sie ihm an. Marion stand auf, klopfte sich die staubige Kleidung ab und nahm Kambu auf den Arm. Dann endlich fragte sie Kambu, ob er bei den Kisten irgendetwas herausbekommen hatte. Kambu machte ein ernstes Gesicht, soweit ein Chamäleon überhaupt ein ernsthaftes Gesicht machen kann.

»Schlangen!«, sagte er nur. Marion blickte ihn fragend an. »In der untersten Kiste waren weder Hunde noch Katzen, sondern Schlangen«, berichtete Kambu. »Von ihnen kam das Zischen. Sie sagten, sie wären in Afrika gefangen worden. Seitdem liegen sie in dieser Kiste. Auch in den anderen Kisten waren Tiere aus meiner Heimat.«

Marion zog nachdenklich die Stirn kraus. Wie sie vermutet hatte! Es deutete alles darauf hin, dass sie einem sehr dubiosen Tierhändler auf der Spur waren. Der Mann verkaufte keine gewöhnlichen Haustiere, sondern exotische Tiere. Offenbar war das verboten. Sonst hätte er bei der Post nicht gelogen. Sie mussten die Spur weiter verfolgen, allein schon um endlich Bimbala zu finden.

Die Zeit drängte. Wer weiß, vielleicht war auch Bimbala schon längst verkauft und irgendwo hingeschickt worden? Aber der Lastwagen war weg. Wie sollte sie ihn wieder finden? Eine Woche lang zu warten, bis er das nächste Mal vor der Post auftauchte, war zu lang. In der Zeit konnte Bimbala längst verschwunden sein.

Wenn man die Stadt aus der Luft betrachten könnte, wie die Verkehrshubschrauber, dann könnte man den LKW noch sehen, überlegte Marion. *Aus der Luft! Wie ein Vogel. Aber natürlich! Die Vögel.* Sie konnten die Vögel fragen. Schließlich hatte sie den besten Tierdolmetscher der Welt auf dem Arm. Sofort unterrichtete sie Kambu von ihrer Idee. Der war begeistert.

Marion stellte sich mit ihm an die Kaimauer und sogleich begann Kambu laut zu krächzen und zu schreien wie eine Möwe. Es dauerte nur einige Minuten, bis die ersten Möwen staunend über Marion und Kambu kreisten und sich lautstark über die beiden komischen Gestalten unterhielten, die sie da in der Möwensprache riefen. Einer der mutigsten Vögel setzte zur Landung an und hopste vor Marion die Kaimauer entlang.

Marion setzte Kambu ebenfalls auf die Mauer. Langsam schlich Kambu dem Vogel entgegen. Die Möwe legte neugierig den Kopf schräg und verfolgte Kambus Schritte. Marion beobachtete die lautstarke Unterhaltung zwischen den beiden, die aus Krächzen, hysterischen Schreien und Piepsen bestand. Plötzlich ließ Kambu seine dreißig Zentimeter lange Zunge hervorschnellen, die Möwe schlug aufgeregt mit den Flügeln, sprang hoch, flog ein oder zwei Meter zurück, setzte sich wieder und begann das Spiel von neuem. Kambu fauchte die Möwe an. Sie schrie zurück, schlug mit den Flügeln. Im Nu war ein ganzer Schwarm Möwen zusammengekommen, die wütend um Kambu herumflogen und laut krächzten. Eine Möwe hackte sogar nach ihm. Kambu fauchte, krächzte, zischte, ließ die Augen in alle Richtungen rollen und drohte immer wieder mit seiner langen Zunge. *Das bedeutet nichts Gutes,* ahnte Marion. Schnell sprang sie auf Kambu zu, nahm ihn auf den Arm und lief weg. Der Möwenschwarm stieg schreiend auf und flog davon.

»Blödes Federvieh!«, fluchte Kambu in der Menschensprache. »Die gehören in den Grill, diese verdammten Möchtegern-Geier! Widerliche Flattermänner!« Marion versuchte ihren Freund zu beruhigen. Sachte tätschelte sie seinen Kopf.

»Weißt du, was die gesagt haben?«, schimpfte Kambu.

Marion verneinte.

»Ha!«, stieß Kambu verächtlich aus. »Ich habe ihnen erzählt, wofür wir ihre Hilfe brauchen. Und dass wir Tiere gegen die Menschen zusammenhalten müssen und all das. Aber als ich von der Befreiung Bimbalas gesprochen habe, schimpfte die miese Möwe einfach los. ›Eine Vogelspinne?‹, krächzte das dumme Vieh. ›Wir Vögel retten doch keine Vogelspinne! Weißt du, was Vogelspinnen mit Vögeln machen? Sie fressen sie! Uns geht es gar nicht schlecht mit den Menschen‹, behauptete der Schandschnabel sogar noch. ›Sie geben uns Brot und lassen uns in Frieden. Einer Vogelspinne helfen wir nicht!‹ Na, denen habe ich aber die Meinung gesagt!«

Ja, das hatte Marion gesehen. Der Erfolg war, dass Kambu und die Vögel sich gestritten hatten und sie jede Hilfe vergessen konnten. Niedergeschlagen ging Marion mit Kambu nach Hause. Jetzt fiel ihr auch keine Lösung mehr ein. Wie sollte sie nun den Lastwagen wieder finden um Bimbala zu retten?

Die Suche nach Oliver

Normalerweise fanden die Schüler es grandios, wenn der Unterricht ausfiel oder im Unterricht zumindest etwas anderes besprochen wurde als Mathematik oder Geschichte. Jetzt aber war das anders. Liebend gern hätten die Kinder über Mathematikaufgaben gebrütet oder sich die langweiligen Zahlen aus dem Geschichtsunterricht angehört. Der Unterricht aber wurde nur von einem Thema beherrscht: Was war mit Oliver geschehen?

In der Klasse herrschte eine bedrückende Stimmung. Noch immer standen die Stichworte aus Olivers Leben an der Tafel. Die Lehrerin berichtete über die neuesten Ermittlungsergebnisse der Polizei. Und das hieß, sie berichtete über nichts. Die Polizei war völlig ratlos. Es gab keinen Hinweis auf eine Entführung. Die Beamten waren sämtliche Ereignisse des fraglichen Tages durchgegangen: Ladendiebstähle, Verkehrsunfälle, Schlägereien, Vermisstenmeldungen. Aber von Oliver gab es keine Spur. Die Eltern beteten, dass ihm nichts geschehen war. Die Polizei glaubte, dass Oliver einfach nur weggelaufen war. Aber wohin? Und vor allem: warum? Auch seinen Mitschülern fiel keine Erklärung ein.

»Können wir denn gar nichts tun?«, fragte Tobias, der Oliver auch nicht besonders mochte. Aber dieser Fall war anders. Da musste man helfen. Doch die Lehrerin verneinte.

Sie hätten der Polizei alles gesagt, was sie wussten, meinte sie. Der Rest sei Sache der Polizei, in die man sich nicht einmischen sollte. Damit war das Thema erledigt und der normale Unterricht schleppte sich über Stunden dahin.

Für Marion aber war der Fall noch lange nicht erledigt. Wenn ihre Idee, die Möwen zu befragen, bei der Suche nach Bimbala auch nichts geholfen hatte, so war sie trotzdem doch gar nicht so schlecht gewesen. Schließlich war Oliver keine Vogelspinne. Es wäre doch durchaus einen zweiten Versuch wert, überlegte Marion. Nach wie vor war die Möglichkeit, sich bei den Tieren zu erkundigen, ein Vorteil, den die Polizei nicht hatte.

Sie erzählte Tobias von ihrer Idee und von den Ereignissen am Vortag. Sicherheitshalber notierte Tobias sich zu seinen übrigen Autonummern-Aufzeichnungen, wann der LKW am Hafen gewesen war. Der blaue LKW nahm mittlerweile den meisten Platz in seiner Sammlung ein. Schon drei Standpunkte waren von dem Wagen notiert: jeden Freitag vor der Post, einmal vor dem Zoo und einmal am Hafen.

»Der betreibt einen lebhaften Handel mit exotischen Tieren«, sagte Tobias, während er auf seine Aufzeichnungen blickte. »Ich bin sicher, auf den Wagen werden wir noch öfter treffen.«

Schließlich hielt auch er es für eine gute Idee, die Tiere nach Olivers Verbleib zu fragen.

»Aber nicht schon wieder Vögel«, antwortete Kambu entschieden, als er von dem neuen Plan erfuhr.

Marion, Tobias und Kambu diskutierten noch ein wenig hin und her. Dann war die Sache entschieden. Kambu sollte sich zunächst Hunde vornehmen, weil Hunde regelmäßig zur gleichen Uhrzeit mit ihren Herrchen oder Frauchen die gleichen Wege gehen.

Kambu verstand das nicht. »Wie langweilig!«, meinte er. Obwohl gerade Kambu keinen Grund hatte, sich darüber zu wundern. Schließlich war allgemein bekannt, dass Chamäleons manchmal ihr ganzes Leben nur auf einem einzigen Baum verbrachten.

Aber Hunde waren schließlich keine Chamäleons, so fragte Kambu: »Weshalb machen die das?«

Tobias zuckte mit den Schultern. »Weil die Menschen das machen. Die Hunde werden ja nur mitgenommen. Und die Menschen sind eben so«, fand er. »Wir fahren auch schon seit fünf Jahren an den gleichen Ort in Urlaub.«

Die drei beschlossen mit dem Stadtpark anzufangen. Denn erstens waren dort immer ganz besonders viele Hunde, besonders auf der Wiese, die für Hunde verboten war. Und zweitens hatte Oliver sich dort immer gerne aufgehalten.

Tobias und Marion spielten im Stadtpark Ball. Sie wussten, dass Hunde ganz wild waren auf Bälle und Ballspiele. Sie sprangen dazwischen und versuchten nach dem Ball zu schnappen. Kambu hockte wieder unter Marions Baseballmütze. So konnte er unbemerkt mit den Hunden reden. Niemand würde etwas merken. Von weitem sah man nur zwei Ball spielende Kinder, zwischen denen ein Hund hin und her tobte.

Der Plan funktionierte. Kaum hatte Marion den Ball zu Tobias geworfen, sprang ein kleiner, schwarzer Pudel aufgeregt herbei und eilte dem Ball hinterher.

»Wuff!«, machte es aus Marions Baseballmütze. Der Pudel blieb verdutzt stehen und sah sich nach allen Seiten um.

»Wuff!«, kläffte wieder die Baseballmütze. Verwirrt drehte der Pudel sich mehrmals um sich selbst auf der Suche nach dem bellenden Hund. Nach dem dritten »Wuff!« schlich er sich vorsichtig – dirigiert durch Kambu – an Marion heran. Und es begann, was Marion schon kannte. Der Pudel und die Mütze traten in eine lebhafte, kläffende Unterhaltung. Fasziniert sah Tobias dem Schauspiel zu.

Erst nach fünf Minuten ließ sich der Besitzer des Pudels blicken. »Der tut nichts«, sagte er lapidar und schlenderte gemütlich auf Marion zu.

Kambu hatte den Mann längst mit seinem linken Auge gesehen und brach das Bellen ab. Noch immer aber sah der Pudel zur Baseballmütze auf Marions Kopf hoch und bellte unentwegt weiter.

Der Mann ging vorbei, drehte sich noch einmal um und rief seinen Hund. Wieder ertönte ein Bellen. Schnurstracks lief der Pudel zu seinem Herrchen. »Brav!«, lobte der und hatte keine Ahnung, dass das letzte Bellen von Kambu kam. Kambu hatte dem Hund gesagt, er solle jetzt verschwinden, und so trottete der Hund seinem Besitzer hinterher.

Einen Augenblick warteten die Kinder noch, bis Mann und Hund weit genug weg waren, dann nahm Marion Kambu vom Kopf.

»Nichts!«, berichtete Kambu. »Der Pudel kommt jeden Nachmittag hierher. Aber einen Jungen, auf den Olivers Beschreibung passt, hat er noch nie gesehen. Dafür hat er mir einen anderen, wichtigen Tip gegeben.«

»Welchen denn?«, fragte Tobias sofort nach.

»Es ist blödsinnig, die Hunde zu fragen, was sie *gesehen* haben. Wir müssen die Hunde fragen, was sie *gerochen* haben!«

»Natürlich!«, rief Tobias. Darauf hätten sie wirklich selbst kommen können. Aber um den Geruchssinn der Hunde zu nutzen brauchten sie etwas, was Oliver gehörte.

»Oder zumindest etwas, das nach Oliver riecht!«, warf Marion in der Gebärdensprache ein und zog ihr kleines rotes Portemonnaie aus der Tasche. Sie erklärte Tobias und Kambu, welchen Spaß Oliver sich oft daraus machte, es ihr zu stehlen und zu verstecken. Nie hätte sie gedacht, dass Olivers Bosheiten auch mal ihr Gutes haben würden. Jetzt hatte sie etwas, das nach Oliver roch. Oft genug hatte er es in der Hand gehabt.

Da stampfte ein großer, behäbiger Bernhardiner mit traurigen Augen über die Wiese. Schnell steckte Marion Kambu unter die Mütze und warf Tobias den Ball zu. Der Bernhardiner aber beachtete den Ball überhaupt nicht. Müde stapfte er zwischen den spielenden Kindern hindurch.

»Wuff!«, dröhnte es von Marions Kopf. Marion zuckte zusammen. Kambu zitterte, so sehr musste er sich anstrengen die tiefe, dumpfe Stimmlage eines Bernhardiners zu imitieren. Der Bernhardiner blieb stehen und drehte langsam, ungeheuer langsam, den Kopf zur Seite.

»Wuff!«, hallte es wieder aus der Mütze.

»Wuff-wuff!«, donnerte es vom Hund zurück.

Marion wäre bald rückwärts auf den Po gefallen. Kambus Stimme klang schon erschreckend dumpf und dunkel. Aber die Originalstimme des Bernhardiners war überwältigend. Tobias ging sicherheitshalber einige Schritte beiseite.

Marion hielt der riesigen, feuchten Schnauze ihr Portemonnaie entgegen. Das zottige Ungeheuer schnupperte daran. Dann begann die Unterhaltung zwischen Kambu und dem Hund. Es klang, als würden sich zwei Pauken im Orchesterraum streiten. Tiefe, vibrierende Töne waberten wie Donner zwischen den beiden hin und her. Zum Glück war das Sprachgewitter nur von kurzer Dauer. Der Besitzer trottete heran. Marion schrak zurück, als sie ihn sah. Der sah ja aus wie sein Hund! Dicke Tränensäcke hingen von den tief liegenden traurigen Augen herab und schlaffe Wangen baumelten dem Mann beinahe bis zum Hals.

»Komm, Bello!«, trötete der Mann mit tiefer Stimme. Sie hörte sich an, als sei zu den Pauken nun die Tuba gekommen. Das Orchester war allmählich komplett. Marion musste sich ein Lachen verkneifen. Allmählich verstand sie, warum Oliver so gern in den Park kam. Wenn man genau hinschaute, konnte man hier die lustigsten Dinge erleben. Tuba und Pauke stampften weiter die Wiese entlang.

Kambu quiekte erfreut: »Bingo! Der hat Oliver erkannt!«

»Und wo ist er?«, fragte Tobias. Jetzt, da der Bernhardiner weg war, traute er sich wieder heran.

Kambu schnalzte mit der Zunge. (Es macht ein ganz eigenartiges Geräusch, wenn ein Chamäleon mit seiner langen Zunge schnalzt!) »So einfach ist das nun auch wieder nicht. Aber er sagt, Oliver hat dort hinten im Gebüsch gesessen. Er kann sich genau an den Geruch erinnern. Darin ist er nämlich ausgebildet, weil er mal Rettungshund bei der Bergwacht war.«

»In dem Gebüsch?«, zeigte Marion fragend an. »Warum war Oliver denn in einem Busch?«

»Vielleicht ist sein Ball dort hineingerollt«, vermutete Tobias. Das kannte er aus eigener Erfahrung. Bälle, insbesondere Fußbälle, hatten die Eigenart, an die unmöglichsten

Stellen zu verschwinden: in dornige Büsche, unter parkende Autos oder vorzugsweise auch in Wassergräben.

»Na ja«, ergriff Kambu wieder das Wort. »Das Merkwürdige ist: In dem Busch roch es auch nach einem Fuchs, hat der Bernhardiner gesagt.«

Tobias kratzte sich nachdenklich am Kopf. Marion kombinierte blitzschnell. In Gedanken ging sie noch einmal die Stichworte an der Tafel durch:

Besucht oft den Stadtpark. Wünscht sich ein Tier.

Und in dem Busch roch es nach Fuchs! Aufgeregt schnippte Marion mit dem Finger. Aufmerksam sahen Kambu und Tobias sie an. Kambu übersetzte die hektischen Hand- und Lippenbewegungen für Tobias: »Ich wette, Oliver hat in dem Gebüsch einen Fuchs gefunden. Und er hat sich schon immer ein Tier gewünscht. Also hat er es behalten! Aber wohin mit dem Fuchs? Denn seine Eltern erlauben ihm ja nicht ein Haustier zu haben. Wohin kann er mit dem Tier gegangen sein?«

Kambu stöhnte auf. Woher sollte er das wissen? Alles, was er bisher von Menschen im Umgang mit Tieren erlebt hatte, war für ihn vollkommen absurd gewesen. Nie würde er nachvollziehen können, was ein zwölfjähriger Junge mit einem Fuchs gemacht haben könnte. Tobias kräuselte die Stirn. Auch er hatte keine Idee. Er hätte den Tierschutzverein angerufen statt das Tier zu behalten.

Wieder hatte Marion den zündenden Einfall: *Liebt Abenteuer,* stand noch auf der Tafel. Bei diesem Punkt war Marion doch noch nachdenklich geworden. Sie erinnerte sich an die Erzählungen des Jungen: Oliver fuhr oft mit seinem Bike durch die Gegend. Dabei hatte er eine spannende

Entdeckung gemacht. Ein geheimnisvoller Ort. Verlassene Fabrikhallen, riesige, leere Gebäude. *Der geheimnisvolle Ort!* Das war es!

Marion war jetzt vollkommen von ihrer Version der Geschichte überzeugt: Oliver hatte einen Fuchs gefunden und war mit ihm an den geheimnisvollen Ort gefahren um ihn dort zu verstecken. Die Frage war bloß: Warum war er noch nicht zurückgekehrt?

Sie waren einen Schritt weiter in ihrem Abenteuer. Jetzt mussten sie nur noch den geheimnisvollen Ort finden. Aber wie sie das anstellen sollten, erschien ihnen genauso rätselhaft wie der Verbleib von Bimbala. Wie man es drehte und wendete: Nach wie vor hatten sie zwei ungelöste Probleme am Hals. Und das hieß: Auch am nächsten Tag gab es eine Menge zu tun.

Oliver wartet auf Hilfe

»Autsch!« Oliver schlug sich mit der Hand auf die Wange. Wieder hatte ihn eine Mücke erwischt. Das war schon die dritte in der vergangenen halben Stunde. Oder war es immer die gleiche? Er bekam das stechende Biest einfach nicht zu fassen. Die Wärme des Sommers und die Feuchtigkeit des Gebäudes machten es zu einem wahren Paradies für Stechmücken. Er konnte noch nicht einmal ausweichen. Die Kette an seinem Fuß duldete nur einen Aktionsradius von etwa drei Metern. Aber das Schlimmste: Die Männer hatten ihm Tardo weggenommen.

Wie es dem armen Fuchs wohl ergehen mag?, überlegte Oliver. Hoffentlich sorgten die Männer wenigstens gut für ihn. Zu dieser Hoffnung gab es allerdings wenig Anlass. Drei Tage war Oliver jetzt schon gefangen. Und obwohl Pommes weiß-rot sonst durchaus zu seinen Lieblingsspeisen zählten, hingen sie ihm allmählich zum Hals heraus. Den Männern war es offensichtlich zu mühsam, irgendwohin zum Einkaufen zu fahren. So blieb nur die Imbissbude, in der auch Oliver für sich und Tardo etwas zu essen gekauft hatte. Das hieß: Täglich bekam er Pommes vorgesetzt. Mal mit Ketchup, mal mit Mayonnaise, mal mit Currywurst, mal mit Hähnchen oder Frikadelle. Aber immer Pommes, selbst zum Frühstück brachte ihm der stinkende, abgetakelte Mann in dem alten Mantel Pommes frites – immerhin mit heißem Kakao.

Oliver hörte schlurfende Schritte. Er erkannte sofort, dass das der alte Zottel war. In den drei Tagen seiner Gefangenschaft hatte Oliver sehr genau die Ohren gespitzt. Er konnte die schlurfenden Schritte des alten Penners gut von dem energischen Stapfen des anderen Mannes unterscheiden, der vor einigen Tagen die Pistole auf ihn gerichtet hatte. Drei- bis viermal pro Tag kam dieser Mann in die Fabrikhalle, lief die Treppe bis zum ersten Stockwerk hoch und fuhr mit dem Fahrstuhl wieder hinunter. Dazwischen hörte Oliver scharrende Geräusche, so als ob Kisten über den Betonfußboden geschleift würden. Der Mann kam offensichtlich stets mit einem LKW vorgefahren. Oliver konnte den lauten Motor beim Manövrieren hören und vernahm deutlich die quietschenden Bremsen. *Die transportieren die ganzen Kisten weg,* vermutete Oliver. Diese merkwürdigen Kisten, aus denen Papageien sprachen oder in denen Lederhandtaschen lagen.

»Hier, dein Essen!« Der alte Zausel war angekommen. Oliver sah dem Mann in die Augen.

»Lassen Sie mich raten!«, antwortete Oliver. »Ich habe so eine dunkle Ahnung, dass es heute Pommes frites gibt!«

»Stimmt!«, erwiderte der Mann knapp. »Was dagegen?«

»Seit drei Tagen bekomme ich nichts anderes!«, beschwerte sich Oliver.

Der Mann sah ihn verblüfft an. »Ich dachte, Kinder mögen Pommes frites«, sagte er mit so erstaunter Miene, dass Oliver ihm sofort abnahm, dass dieser Mann es wirklich ehrlich meinte.

Er versuchte ihm zu erklären, dass selbst das schönste Leibgericht plötzlich sehr öde schmeckt, wenn man nichts anderes mehr zu essen bekommt.

Der alte Mann kratzte sich mit seinen schwarzen Fingernägeln durchs verfilzte Haar. »Komisch«, krächzte er schließlich mit heiserer Stimme. Er unterbrach sich, hustete, röchelte, machte einen kurzen Moment Pause, holte tief Luft und sprach weiter: »Ich mag zum Beispiel für mein Leben gern Kartoffelsuppe. Die könnte ich dreimal pro Tag essen. Aber ich habe schon seit zwei Monaten keine mehr bekommen. Aber wenn das hier vorbei ist, kaufe ich mir eine.« Er wickelte die Pommes aus dem Papier, schob sie Oliver hin und forderte ihn auf zu essen.

Er hat mich einfach nicht verstanden, dachte Oliver. *Er lebt offenbar ganz anders und versteht es nicht, dass man nicht immer das Gleiche essen kann.* Dabei fiel ihm auf, dass er eigentlich überhaupt nichts über den Mann wusste, der ihm dreimal täglich Pommes frites brachte. *Ob der hier immer wohnte? Warum sah er so furchtbar schmutzig aus? Was meinte er damit: Wenn das hier alles vorbei ist?*

Oliver entschloss sich ihn zu fragen. »Was heißt das, wenn das hier alles vorbei ist?«

Der Mann sah Oliver an, drehte sich um, blickte nach allen Seiten der großen Fabrikhalle, so als würde irgendwo jemand sitzen und heimlich zuhören. Aber von unten waren deutlich die scharrenden Geräusche zu hören. Jemand schleppte wieder Kisten. Der Mann wandte sich zurück an Oliver und sprach leise: »Na, die ziehen doch um!«

Oliver hakte nach. Der Mann schien gesprächig zu werden, das war seine Chance! »Wer die?«

Der Mann kratzte sich in den Barthaaren, überlegte, ob er weiterreden sollte. Er rückte einen Schritt näher an Oliver heran. Oliver hielt für einen Moment die Luft an und versuchte sich nicht anmerken zu lassen, dass der Gestank des Mannes ihn beinahe umbrachte.

»Na, die Händler«, sagte der Alte. »Die nehmen ihr gesamtes Hab und Gut und lagern es woanders ein.«

»Weshalb denn?«, wollte Oliver wissen. Der Mann wollte auflachen. Das Lachen aber verkam zu einem schleimigen Husten. Oliver wandte sich angeekelt ab, bis der Hustenanfall vorüber war.

Der Alte atmete tief durch und redete weiter: »Junge, bist du blind! Das ist doch total verboten, was die hier machen. Teufel auch! Hast du denn die Tiere nicht gesehen?

Solche darf man hier doch gar nicht einführen. Artenschutz und so.«

»Und da machen Sie mit?« Die Frage war Oliver einfach so herausgerutscht. Er wollte sie eigentlich gar nicht stellen, aus Angst, der Mann könnte böse werden.

Aber der antwortete sofort: »Junge, so einer wie ich kriegt keine Arbeit mehr. 55 Jahre alt, kaputte Lunge. Seit zehn Jahren auf der Straße. Da nehm ich alles, wenn ich ein paar Euro verdienen kann.« Er unterbrach, grinste Oliver an, was unter dem verfilzten, schmutzigen Vollbart aber kaum zu erkennen war, und beendete seine Erklärung: »So komme ich zu meiner Kartoffelsuppe. Also iss du deine Fritten, solange sie dir jemand hinstellt.« Dann stand der Alte auf und schlurfte die Treppe hinunter in den ersten Stock.

Oliver blickte ihm lange nach. Selbst als der Alte schon gar nicht mehr zu sehen war, schaute Oliver noch in die Richtung, in die er verschwunden war. *Wie kam wohl jemand dazu, so zu leben?,* fragte er sich. Kein Zuhause, kein Bett, in dem er schlafen konnte, kein Dach über dem Kopf, kein warmes Zimmer, wenn es kalt wurde. Nicht einmal immer etwas zu essen, wenn man Hunger hatte. Oliver hatte nicht gewusst, dass es so etwas überhaupt gab. Er dachte an sein teures Fahrrad, an sein großes Zimmer in dem Haus seiner Eltern, an seine teure Kleidung, die Massen von Spielzeug und an seinen Computer. Alles, was Geld kostete, war in seinem Elternhaus kein Problem. Es war einfach undenkbar, dass der Kühlschrank nicht bis zum Rand mit den leckersten Dingen gefüllt war, von der Tiefkühltruhe mal ganz abgesehen. Und dieser alte Mann ließ sich einspannen, kriminellen Tierhändlern zu helfen und sogar einen Jungen wie ihn gefangen zu halten, nur um mal wieder eine heiße Kartoffelsuppe essen zu können.

Trotzdem: Durfte man so mit Tieren umgehen? Oliver sah sich in der Fabrikhalle um, in der auch noch – ebenso wie im ersten Stock – etliche Kisten herumstanden. Aus manchen Kisten war ein leises Zischen, ein Gurren und Knurren, ein Winseln und Zirpen zu hören. Welche Tiere sich wohl in all diesen Kisten verbargen? Oliver wusste es nicht. Die meisten Geräusche, die er hörte, konnte er keinem bestimmten Tier zuordnen. Nur ein oder zwei Papageien glaubte er herauszuhören, wenngleich diese auch nicht sprechen konnten. Welche Tiere auch immer in diesen dunklen Kisten hockten, es musste eine Qual für die meisten sein, überlegte Oliver. Wie lange eigentlich? Wie lange saßen die Kreaturen wohl schon in ihren Holzgefängnissen? Und: Wer kaufte so etwas? Wenn die Tierhändler so viele Tiere in so vielen Kisten hier lagerten und täglich neue hinzukamen, musste das Geschäft offensichtlich sehr gut gehen.

Oliver stockte in seinen Gedanken. Ihm wurde klar, dass er selbst gut zu den Kunden gehören könnte. Schon lange wünschte er sich ein Haustier. Seine Eltern mochten keine Tiere, aber das war reiner Zufall. Wäre es anders, würden sie sofort einen Papageien, ein Krokodil oder eine Schlange bei diesen Händlern kaufen, wenn er – Oliver – sich das nur gewünscht hätte. Er schämte sich. Zum ersten Mal in seinem Leben war er sogar ein wenig froh, dass seine Eltern Haustiere so strikt verboten.

Oliver hatte seine Pommes frites inzwischen aufgegessen.

Er schob die leere Pappschachtel beiseite. Die Kette an seinem Fuß klirrte. *Wie die Tiere,* dachte er. *Ich bin genauso gefangen wie die Tiere. Nur mit dem Unterschied, ich komme wieder frei. Hat zumindest der alte Mann gesagt. Oder werde ich befreit? Was wohl meine Eltern unternommen haben, seit ich verschwunden bin? Ob die Polizei mich schon sucht?*

Marion, Kambu und Tobias saßen auf der Wiese im Stadtpark. Der Schultag hatte nichts gebracht. Zwar hatte Tobias der Lehrerin erzählt, warum Oliver ihrer Ansicht nach fort war, aber die Lehrerin hatte auch keine Idee gehabt, wie sie aufgrund dieser vagen Vermutung Oliver finden sollte. Sie versprach nur, diese Neuigkeiten der Polizei zu erzählen. Noch immer war die Frage, wo sich dieser geheimnisvolle Ort, von dem Oliver gesprochen hatte, befand. Die drei grübelten, was sie als Nächstes tun sollten.

»Autsch!« Tobias schlug sich mit der Hand auf die Wange. Wieder hatte ihn eine Mücke erwischt. Das war schon die dritte in der vergangenen halben Stunde. Oder war es immer die gleiche? Er bekam das stechende Biest einfach nicht zu fassen.

»Jetzt langt's aber«, entschied Kambu, der Tobias mit dem linken Auge bei seiner vergeblichen Mückenjagd beobachtet hatte. Mit dem rechten Auge verfolgte er den Flug der Mücke. Die Mücke ließ sich frech auf Marions Hals nieder, ohne dass Marion davon etwas merkte. Auch Tobias hatte die Mücke längst aus den Augen verloren. Kambu aber hatte sie genau im Visier.

Er duckte sich leicht nach vorne. Dann war es so weit. Ein blitzartiges Zischen war für eine Hundertstelsekunde zu hören, dann hing das kleine Stechbiest zappelnd und jammernd an Kambus langer Zunge direkt vor seinem Gesicht.

Tobias und Marion sahen erstaunt auf Kambu, von dem ja bekannt war, dass er keine Insekten fraß. Was wollte Kambu mit der Mücke?

Kambu: »Hab ich dich erwischt, du gemeines Ding!«
Mücke: »Was ist los? Wer bist du?«
Kambu: »Ich bin Kambu, ein Chamäleon. Und Chamäleons sind die besten Insektenfänger der Welt. Wir fressen nämlich für unser Leben gern Insekten.«

Mücke: »Oh nein! Bloß nicht! Heute habe ich wirklich nur Pech!«

Kambu: »Dann höre endlich auf, ständig meine Freunde zu belästigen. Stich gefälligst jemand anderen. Dann hast du vielleicht Glück und ich lasse dich laufen.«

Mücke: »Gerne! Gerne würde ich anderes Blut trinken. Deine beiden Freunde schmecken ohnehin nicht. Heute Morgen aber war ich in einem riesigen Gebäude. Da saß ein Junge. Mmmmh, dessen Blut war so lecker! Und das Beste: Der Junge war angekettet. Er konnte nicht mal weglaufen. Ein wahres Schleckerparadies.«

Kambu: »Was erzählst du da?«

Mücke: »Doch, glaub mir. Der hatte ganz süßes Blut. Ich habe mich dick und rund an dem gefressen. Und dann bin ich nur zur Verdauung ein bisschen herumgeflogen und in einer komischen Blechkiste gelandet. Plötzlich gingen die Türen zu. Die Blechkiste bewegte sich und nahm mich mit. Bis hier in die Nähe. Ja, und jetzt bin ich hier statt bei dem Jungen mit dem süßen Blut. Ein Jammer! Wirklich nicht mein Glückstag heute.«

Kambu: »Warte mal!«

Diese Aufforderung war überflüssig. Denn noch immer klebte die zappelnde Mücke an Kambus heraushängender Zunge.

Kambu erzählte den beiden Kindern die Geschichte der Mücke. Marion sprang auf. Tobias rief aus, was alle dachten: »Oliver! Die Mücke hat Oliver gesehen. Er ist gefangen!«

Kambu setzte das Verhör mit der Mücke fort. Sie erzählte, dass der Junge mit dem süßen Blut in einem großen Fabrikgebäude zwischen lauter Kisten saß.

»Führe uns dort hin!«, forderte Kambu die Mücke auf.

»Nein, nein«, wiegelte die Mücke ab. »Sonst wäre ich ja schon längst zurückgeflogen. Wir Insekten fliegen nicht so weit. Dafür sind wir nicht geschaffen.«

Kambu zuckte mit der Zunge, so dass die Mücke daran durchgeschüttelt wurde wie in einer Achterbahn.

»Dann seid ihr wohl dafür geschaffen, gefressen zu werden?«, drohte er.

Er war froh der Mücke verschwiegen zu haben, dass er keine Insekten fraß.

»Also schön«, versprach die Mücke. »Ich sag ja, heute ist nicht gerade mein Glückstag. Aber ich weiß nicht, ob ich es überhaupt wieder finde.«

»Das würde ich dir aber raten«, verschärfte Kambu seine Drohung. »Sonst schlucke ich dich nämlich einfach hinunter.«

Die Mücke seufzte. Kambu meldete den beiden Kindern, dass die Mücke so freundlich sein würde ihnen den Weg zu Oliver zu zeigen.

»Sie hat sich förmlich aufgedrängt«, fügte Kambu süffisant hinzu.

»Wow!«, machte Tobias. »Ich hätte nie gedacht, dass Stechmücken so hilfsbereite Wesen sein können.«

»Tja, ein Wunder der Natur!«, antwortete Kambu.

Marion gab das Zeichen zum Aufbruch. Jetzt war keine Zeit mehr zu verlieren. Oliver musste gerettet werden. Danach konnten sie sich noch immer Gedanken darüber machen, wie sie Bimbala finden konnten.

Mückenplage

Oliver lag mit geschlossenen Augen auf dem Fußboden in der Fabrikhalle und lauschte den Geräuschen um sich herum. Er versuchte das Zirpen und Zischen, Krächzen und Kreischen einzelnen Tierarten zuzuordnen. *Eine Giraffe!*, vermutete er, nachdem er ein seltsames, gurrendes Grunzen vernommen hatte. Ein Blick in die Richtung des Geräusches belehrte ihn schnell eines Besseren. Das Grunzen tönte aus einer kleinen Kiste, kaum größer als ein Schuhkarton. Oliver schmunzelte. Wenn in der Kiste eine Giraffe saß, dann gab es seit heute bislang unentdeckte Zwerggiraffen. Eine Weltsensation! Einen Augenblick stellte Oliver sich vor, wie wohl eine Giraffe aussehen würde, die nicht größer war als ein Meerschweinchen. Bei diesem Gedanken lachte er laut auf.

»Na siehst du, deine Laune ist ja schon besser als heute Morgen!« Der alte Mann stand plötzlich wieder im Raum. Oliver hatte sich so sehr auf die Tiergeräusche konzentriert, dass er den Mann nicht gehört hatte. Der Alte trug einen kleinen Karton.

»Noch eine Zwerggiraffe?«, fragte Oliver. Der Alte sah Oliver verblüfft an. Oliver erzählte ihm von seinem Gedanken, bei dem er gerade unterbrochen worden war.

»Was Kinder immer für Fantasien haben«, wunderte sich der Alte. Dann ging er auf Oliver zu und zeigte ihm die Schachtel. »Das ist etwas besonders Ekelhaftes«, erläuterte der

Mann. »Ich weiß nicht, weshalb sich manche Leute so was kaufen.« Langsam hob er den Deckel des Kartons an, so dass Oliver durch einen schmalen Spalt in das Innere des Kastens gucken konnte. Erschreckt fuhr er zurück.

»Ist das nicht widerlich?«, fragte der Mann. »Im Obdachlosenheim hätten wir einen Riesenrabatz gemacht, wenn es dort solches Ungeziefer gegeben hätte. Aber die reichen Leute geben ein Vermögen aus um sich so ein Biest zu kaufen und im Wohnzimmer herumlaufen zu lassen.«

»Eine so große Spinne habe ich noch nie gesehen«, staunte Oliver sichtlich beeindruckt.

»Hier gibt's die auch nicht. Deshalb ist sie ja so teuer. Das ist eine Vogelspinne. Kommt aus Afrika. Gut, dass ich dort nicht leben muss.« Mit diesen Worten erhob sich der Alte

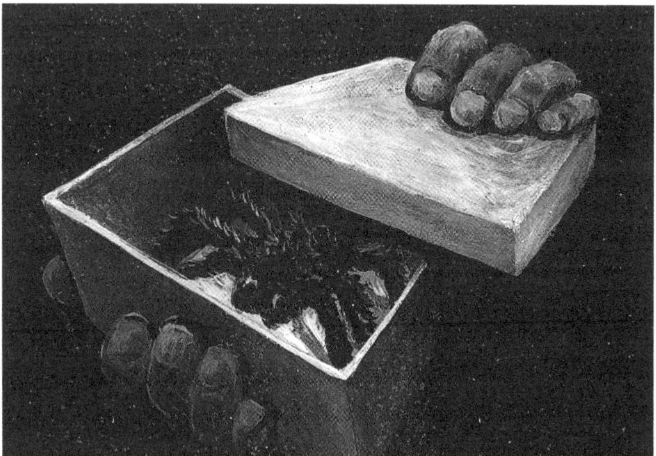

und postierte den Karton mit der Vogelspinne auf dem kleinen Kasten, aus dem das gurrende Grunzen gekommen war.

»Kann die auch wirklich nicht raus?«, fragte Oliver ängstlich.

»Glaube ich nicht«, vermutete der Mann.

»Sie *glauben* es nicht?«, rief Oliver entsetzt. »Ich kann hier nicht weg! Ich bin festgebunden!«

»Ja, ja, reg dich man nicht so auf«, versuchte der Alte Oliver zu beruhigen. »Ich leg was Schweres drauf.«

Der alte Mann sah sich nach etwas Geeignetem um. Er fand eine leere Colaflasche und stellte sie auf die Schachtel, in der sich die Vogelspinne befand.

Skeptisch beobachtete Oliver diese Sicherheitsmaßnahme, die ihm bei weitem nicht ausreichend erschien. Der alte Mann schlurfte zurück in den ersten Stock. Oliver ließ den Karton nicht aus den Augen. Jeden Augenblick rechnete er damit, dass die Colaflasche umkippen und aus der Schachtel das schwarze Ungetüm herauskrabbeln würde. Vogelspinnen? Waren die nicht giftig? Oliver versuchte sich an ein Album zu erinnern, in das er früher Tierbilder geklebt hatte. Hatte nicht in einem der Texte gestanden, dass Vogelspinnen giftig waren? Eine Gänsehaut lief ihm über den Rücken.

»Hier um die Ecke ist es«, versicherte die Mücke und forderte sogleich von Kambu, dass er sie nun endlich loslassen sollte. Aber das war leichter gesagt als getan. Denn die Mücke klebte an seiner Zunge fest. Kambu hatte nicht die geringste Ahnung, wie er die Mücke in die Freiheit entlassen sollte.

»Was soll denn das heißen?«, empörte sich die Stechmücke. »Du hast mich gefangen, dann wirst du mich auch wieder freilassen können!« Aufgeregt schlug sie mit den Flügeln um ihrer Verärgerung noch stärkeren Ausdruck zu verleihen.

Kambu rollte beide Augen in die Mitte und schielte auf das Insekt. »Nun ja«, gab er kleinlaut zu. »Wenn ein Chamäleon ein Insekt mit der Zunge erwischt hat, frisst es das Tier anschließend. Eine Befreiung ist in der Geschichte der Chamäleons noch niemals vorgekommen, soweit ich das überblicke.«

Die Stimme der Stechmücke überschlug sich vor Aufregung. »Das ist ja wohl die Höhe!«, piepste sie. »Ich mache mir die Mühe euch bis hierher zu lotsen und du Ungeheuer willst mich fressen?«

Nein, das wollte Kambu nicht. Noch nie hatte er Insekten gefressen. Er wusste bloß nicht, wie er die Mücke freilassen sollte. Seine Zungenspitze war nun einmal klebrig. Daran konnte er nichts ändern. Er berichtete den beiden Kindern von der verzwickten Lage, in der er und die Mücke sich nun befanden.

»Ach herrje!«, stöhnte Tobias.

Marion hatte eine Idee. Mit einigen kurzen, heftigen Kaubewegungen sammelte sie Speichel im Mund und spuckte auf die Mücke. Entsetzt quiekte die Mücke auf und prustete unter Marions Speichel wie unter einer kalten Dusche. »Was soll das?«, schimpfte sie, aber das verstand nur Kambu, dem die schreiende und flügelschlagende Mücke an seiner Zunge allmählich lästig wurde. Doch dann verstummte die Mücke und sah erstaunt auf eines ihrer Beine, das sich plötzlich von der Zunge heben ließ.

Marion beobachtete die mühsamen Gehversuche des Insekts und nickte zufrieden. *Spucke löst Klebe,* dachte sie. *Es funktioniert.* Endlich befreit flog die Mücke erleichtert ein

Stückchen in die Höhe und landete mit einem tiefen Seufzer auf Marions Kopf.

»Wehe, wenn du sie stichst!«, schickte Kambu sofort eine Warnung hinterher.

»Ich werde mich hüten!«, rief die Mücke von Marions Kopf hinunter. Das war wegen ihrer Winzigkeit aber so leise, dass Kambu es kaum verstehen konnte. Die Mücke kümmerte sich nicht darum, sondern zeterte weiter: »Hauptsache, du Ungetüm bleibst mir vom Leib. Wirklich ein ausgesprochen mieser Tag heute. Ich mache, dass ich wegkomme. Ich hoffe, ich sehe euch niemals wieder.« Und schon startete sie, stieg steil in die Lüfte und verschwand so schnell, wie sie nur fliegen konnte.

Marion gab das Zeichen zum Weitergehen. Sie kamen an die Toreinfahrt, die die Mücke ihnen gezeigt hatte, spähten um die Ecke und sahen sich verblüfft an.

»Das gibt's doch nicht«, wunderte sich Tobias laut. »Der blaue LKW!«

Tatsächlich! Der blaue Lastwagen, den Marion und Tobias so intensiv verfolgt hatten und der ihnen schließlich doch aus den Augen entschwunden war, stand vor dem Fabrikgebäude.

Marion runzelte die Stirn, kratzte sich am Kopf und verdrehte die Augen. Nur eine dieser Handlungen wäre schon ein sichtbares Zeichen dafür gewesen, dass Marion grübelte. Nun drehte sie ihr Gesicht zu Kambu und bewegte heftig die Lippen. Kambu übersetzte für Tobias: »Marion sagt, wenn der blaue LKW hier ist, dann ist auch Bimbala hier – oder *war* zumindest hier.«

»Du meinst, Bimbala wird dort gefangen gehalten, wo

auch Oliver sitzt?«, fragte Tobias nach. So ein Zufall kam ihm sehr unwahrscheinlich vor. Doch Marion nickte heftig. Schnell fasste sie die wesentlichen Fakten zusammen:

»**Erstens:** Oliver sprach von einem geheimen Ort, einer Fabrikhalle. Wir stehen vor einer Fabrikhalle!

Zweitens: Oliver wünschte sich immer ein Haustier, durfte aber keins haben. Dann fand er einen Fuchs im Stadtpark, wie der Bernhardiner erzählte.

Schlussfolgerung: Oliver hat den Fuchs behalten und versteckt.

Drittens: Bimbala wurde von einem Mann in einem blauen LKW gekauft. Das haben wir selbst gesehen.

Viertens: Dieser Mann handelt illegal mit exotischen Tieren. Das wissen wir vom Postamt und vom Hafen.

Schlussfolgerung: Der Mann hat allen Grund, seinen Handel von einem unauffälligen Ort aus abzuwickeln, zum Beispiel in einer alten Fabrikhalle.

Fünftens: Oliver verschwindet. Eine Mücke weist uns auf seinen Aufenthaltsort hin. Und dort treffen wir den blauen LKW.

Schlussfolgerung: Oliver versteckte den Fuchs genau dort, von wo aus der Mann seinen Handel betreibt. Er fühlte sich gestört und hält Oliver gefangen.«

Tobias wurde ganz schwindelig, als Kambu den rasanten Vortrag von Marion übersetzte.

»Junge, Junge!«, staunte Tobias. »Wie ein richtiger Detektiv!«

»Wie eine Detektivin, denn ich bin ein Mädchen!«, stellte Marion klar, indem sie Tobias gegenüber das Zeichen für Mädchen darstellte, das sie ihm bereits beigebracht hatte.

»Woher kannst du so etwas?«, wollte Tobias wissen.

Marion antwortete nicht sofort. Schließlich hatten Tobias und all die anderen Schüler Marions Fähigkeit mit verursacht – freilich ohne dass sie es wussten. Oft wollte sie auf dem Schulhof mit den anderen Ball spielen, wurde aber aufgrund ihrer Sprachlosigkeit ausgegrenzt. Sie saß dann immer in der Ecke und las Kriminalromane. Aus den Romanen hatte sie das Kombinieren gelernt. Das erzählte sie Tobias nicht. Sie zuckte nur kurz mit den Schultern, was so viel bedeutete wie: »Ich kann es eben!«

»Aber was bedeutet das alles jetzt für uns?«, mischte sich Kambu ein.

Marion ließ ein kurzes Lächeln aufblitzen. »Dass es jetzt gefährlich wird!«, antwortete sie ihm knapp mit stummen Lippenbewegungen und marschierte entschlossen voran zum Eingang des Fabrikgebäudes.

»Was hat sie gesagt?«, erkundigte sich Tobias bei Kambu.

»Ach, nur dass wir jetzt am Ziel sind«, antwortete Kambu. Er erinnerte sich noch zu gut an Tobias' hysterischen Anfall, als er Kambu zum ersten Mal sah. Er wollte nicht riskieren, dass der ängstliche Tobias so kurz vor Bimbalas Befreiung alles vermasselte.

Am blauen LKW war niemand zu sehen, aber die Seitentür stand offen. Auf der Ladefläche standen drei Holzkisten. »Wieder eine neue Tierlieferung«, empörte sich Marion. Ihr fiel eine Zeitungsmeldung ein, die sie am Tag zuvor gelesen hatte. Sie kramte das herausgerissene Stück Zeitung aus ihrer Hosentasche und zeigte es den anderen: *Kopenhagen/AFP – Weil sie illegal junge australische Boaschlangen eingeführt haben, müssen sich drei Dänen vor Gericht verantworten. Dies teilte am Dienstag die Polizei im dänischen Glostrup mit. Am Montag sei Anklage gegen die Männer erhoben worden. Sie waren im vergangenen Jahr auf dem Flughafen der Hauptstadt Kopenhagen erwischt worden. Die jungen Schlangen waren in Buchattrappen versteckt. Polizeiermittlungen ergaben, dass die drei Männer seit mehreren Jahren dem lukrativen Boa-Handel nachgingen. Für junge Boas werden auf dem Schwarzmarkt umgerechnet etwa 3.000 Euro gezahlt. Ihr Export und Handel ist nach der Artenschutzkonvention von Washington verboten. Jedem der drei Dänen droht bei einer Verurteilung eine Geldstrafe von umgerechnet knapp 10.000 Euro.*

Marion knüllte den Ausschnitt wieder zusammen und steckte ihn in die Tasche. Mit einem Kopfnicken gab sie das Zeichen weiterzugehen.

Sie gingen durch eine große, verrostete Eisentür, die in eine leere Fabrikhalle führte. An den verrosteten Wäscheständern, verbogenen Gitterwagen, zerbeulten Wannen, Kübeln und Tonnen erkannte Marion, dass sie sich in einer ehemaligen Wäscherei befanden. Zwei alte Bügelautomaten gammelten auch noch vor sich hin.

In der Mitte des Raumes wirkte eine tiefe, schwarze, schmutzige Wasserpfütze von mindestens fünf Metern Durchmesser wie ein geheimnisvoller See bei Nacht. Hinter dem See erstreckte sich ein Raum, der gut und gerne fünfzig Meter lang war, an dessen Ende wiederum eine alte Eisentür hinausführte.

Leise und vorsichtig wagten sich Marion mit Kambu auf der Schulter und Tobias Schritt für Schritt vor bis zu dieser Tür. Auch sie stand offen. Der nächste Raum war hell erleuchtet. Schwitzend und ächzend schob ein Mann drei aufeinander gestapelte Holzkisten beiseite. Marion machte auf dem Absatz kehrt und schob den erschrockenen Tobias vor sich her, so dass dieser rückwärts stolpernd durch die Eisentür zurück in die erste große Halle purzelte.

Tobias fluchte leise. Er machte Marion keine Vorwürfe. Auch er hatte den Mann gesehen, bloß nicht so schnell reagiert. Er rieb sich den rechten Arm, der durch den Aufprall auf den harten Betonfußboden schmerzte.

Marion stellte sich neben den Türrahmen und lugte vorsichtig um die Ecke in den zweiten Raum hinein. Der Mann hatte die Kisten nur einen Meter beiseite geschoben. Offenbar brauchte er Platz für etwas. Richtig. Da kam er mit einem Hubwagen, auf dem andere Kisten gestapelt waren. Er rollte genau auf sie zu!

Marion zog ihren Kopf ein und schnippte heftig mit den Fingern.

Kambu verstand. »Nichts wie weg!«, flüsterte er, jedoch laut genug, dass Tobias ihn verstehen konnte.

Tobias rannte los. Marion hinterher. Kambu krallte sich in inzwischen gewohnter Weise an ihrem T-Shirt fest. Das Echo ihrer Schritte dröhnte durch die Halle. Marion bemerkte es. Aber jetzt war keine Zeit darüber nachzudenken. Sie mussten verschwinden, sich verstecken, bevor der Mann diese Halle erreicht hatte – auch wenn er die Schritte hörte. Zum Glück machten auch die Metallräder seines Hubwagens einen Höllenlärm.

Tobias bog nach rechts ab um einen Bogen um den dunklen See zu laufen, Marion versuchte es auf der anderen Seite. Sie sah kurz zu Tobias hinüber. Er war schneller als sie, die noch ein wenig auf Kambu achten musste. *Hoffentlich bin ich schnell genug!* Hektisch wandte sie den Kopf nach hinten um nach dem Mann zu sehen. Er hatte die Tür noch nicht erreicht. Plötzlich hallte ein dumpfer Aufprall durch den Raum, gefolgt von einem lauten Plätschern und einem wilden Fluch.

»Tobias!«, rief Kambu entsetzt, der gleichzeitig nach hinten zu dem Mann und auf die andere Seite des Sees geguckt hatte.

Marion drehte den Kopf in Tobias' Richtung. Ach du Schreck! Tobias wälzte sich im Wasser der Riesenpfütze, jammerte und fluchte und bemühte sich wieder aufzustehen.

»Ausgerutscht!«, rief er über den See. »Verflixt noch mal, ist das hier rutschig!« Wie zur Bestätigung flutschte ihm der Fuß weg, seine Hände suchten Halt in der Leere der Luft und erneut platschte Tobias ins Wasser.

Marion war vor Schreck stehen geblieben. »Steh auf!«, wollte sie zu ihm hinüberschreien. Ihre stummen Lippenbewegungen erreichten Tobias nicht. Wild gestikulierend zeigte sie auf die Tür, in der jeden Moment der Mann auftauchen musste, und blickte zum vorderen Ausgang, der nur noch wenige Meter von ihnen entfernt war und möglicherweise ihre Rettung bedeutete. Kambu ersetzte Marions Stimme. »Schnell«, kreischte er. »Du musst weg!«

»Ist da wer?«, rief es von der hinteren Tür zurück.

Der Mann! Entgeistert sahen Tobias, Kambu und Marion auf die fremde, große, mächtige und unheilvolle Gestalt, die nur als Silhouette im Türrahmen zu erkennen war. Tobias saß starr in seiner Pfütze, Marion stand bewegungslos auf der gegenüberliegenden Seite. Nur Kambu reagierte. So schnell, wie sonst nur seine Zunge arbeitete, jagte ihm die Erinnerung an Klick-Klack und ihren Trick durchs Gedächtnis: *Sie verblüfft den Verfolger mit einem ungewöhnlichen Geräusch und versteckt sich, während der Verfolger sich wundert.* Kambu überlegte nicht. Instinktiv ließ er das Furcht einflößende Brüllen eines Löwen durch den riesigen Raum hallen.

Der Mann zuckte zusammen, wich einen großen Schritt zurück. Leider erschrak aber auch Tobias und fiel vor Entsetzen das dritte Mal in die Pfütze.

Marion kapierte und rannte los.

»Lauf, Tobias!«, schrie Kambu und ließ sicherheitshalber noch ein zweites markerschütterndes Löwengebrüll ertönen.

Während Tobias sich aufrappelte, sah er Marion hinterher. Er wunderte sich, woher plötzlich ein Löwe gekommen sein sollte. Aber er beschloss Marion nachzulaufen. Triefend und tropfend stampfte er mit platschenden Schritten zur Ausgangstür.

Auch der Mann hatte sich von seinem ersten Schreck erholt. Woher auch immer das Brüllen eines Löwen gekommen sein mochte: Er besaß überhaupt keinen Löwen, also konnte auch keiner gebrüllt haben. Entschlossenen Schrittes lief der Mann den Kindern hinterher.

»Hier geblieben!«, schrie er aus Leibeskräften.

Marion stürzte aus der Tür, rannte um die Ecke durch den schmuddeligen Hausflur und setzte zum Sprung an um von der Eingangstür den Einfahrtsweg zu erreichen. Ihr Anlauf wurde jäh gestoppt. Marion prallte auf etwas Weiches, hob den Kopf und sah verzweifelt in ein bärtiges, lachendes Männergesicht. Der Mann packte Marion unsanft mit seinen Pranken und schob sie von seinem dicken Bauch.

Instinktiv versteckte Kambu sich. Jede Chamäleon-Bewegung wäre in diesem Augenblick zu langsam gewesen. Also ließ Kambu sich einfach unter Marions T-Shirt hinunterplumpsen und krallte sich im freien Fall an ihrem nackten Rücken fest.

Marion verzog vor Schmerz das Gesicht.

Der Bärtige missdeutete diese Geste. »Wieso ziehst du eine solche Grimasse?«, fragte er in rauem Ton. »Du hast wohl etwas angestellt?«

Tobias kam hinter Marion angerannt, sah die Sackgasse und bremste seinen Lauf abrupt ab. Als er wendete, war es zu spät. Der Verfolger hatte sie eingeholt, griff sich den Haarschopf von Tobias und zerrte ihn wieder in die Fabrikhalle hinein.

»Hier herumschnüffeln, das könnte euch so passen!«, schimpfte er.

Tobias, Marion und Kambu, den noch keiner der Männer entdeckt hatte, waren gefangen!

Pfui Spinne!

Oliver sprang auf. »Marion, Tobias! Was macht ihr denn hier?« Freudig überrascht lief er seinen beiden Mitschülern entgegen, vergaß die Kette an seinem Fuß, wurde von ihr nach hinten gerissen, stolperte und landete auf der Nase. Als er sich wieder aufrichtete, sah er die Antwort auf seine Frage: Der dicke, bärtige Mann packte die beiden Kinder am Genick wie Kaninchen, die zum Schlachten getragen werden, und sah sich nach einer weiteren Kette um.

»Oh nein!«, schrie Oliver entsetzt. »Seid ihr etwa auch gefangen?«

Marion sah Oliver ernst an. Viele verschiedene Gefühle drängten sich in ihrem Inneren:

Sie war froh Oliver wohlbehalten zu sehen.

Sie war stolz die richtige Spur selbständig gefunden zu haben. Jedenfalls beinahe. Da war zwar dieser Zufall mit der Mücke, aber auch die richtigen Kommissare aus den Romanen brauchten hin und wieder Glück.

Sie war wütend, dass sie sich hatte erwischen lassen.

Vor allem aber fürchtete sie sich, weil sie gefangen war!

Was mochten die Männer mit ihnen vorhaben?

Tobias fing bei Olivers Frage sofort an zu weinen. »Nein, ich will nicht gefangen werden!«, schluchzte er. »Lassen Sie mich los!«, brüllte er verzweifelt, als der Mann eine Kette gefunden hatte und nun Marion und Tobias mit den Füßen aneinander kettete. »Ich rufe meine Eltern! Dann können Sie was erleben!«

Der Dicke lachte verächtlich. »Sei froh, dass deine Eltern nicht hier sind«, antwortete er roh. »Die würden wir nicht einfach nur gefangen nehmen.« Mit einem schauderhaften Lachen verließ er die Fabriketage.

Tobias schlug sich die Hände vors Gesicht und heulte. Oliver zerrte mit seinem Fuß einige Mal an der Kette und schickte dem Mann einige Schimpfworte hinterher. Allerdings leise genug, damit dieser sie nicht hören konnte.

Marion prüfte, wie fest die Kette an ihrem Fuß saß, und stellte fest, dass ein Befreiungsversuch aussichtslos war. Die Kette war stramm ums Fußgelenk gelegt und mit einem stabilen Schloss verriegelt. Sie griff sich unters T-Shirt, holte Kambu hervor und erkundigte sich nach seinem Befinden.

»So weit alles in Ordnung!«, antwortete Kambu.

Oliver starrte das Chamäleon fasziniert an.

»Hat der etwa eben gesprochen?«, fragte er verwundert.

Kambu antwortete für Marion. »Mein Name ist Kambu«, sagte er höflich. »Du musst Oliver sein, den wir schon seit Tagen suchen.«

»Äh ... ja ... aber«, stotterte Oliver, der nicht glauben konnte, dass sich gerade ein Chamäleon mit ihm unterhielt.

Kambu seufzte einmal kurz; dann erzählte er in Kurzversion, woher er kam, wieso er sprechen konnte, wie er Marion kennen gelernt hatte und natürlich von der Suche nach ihm und Bimbala.

Oliver kam aus dem Staunen nicht heraus. Trotzdem erstattete er den anderen Bericht, wie es ihm zwischenzeitlich ergangen war, was er in den Kisten entdeckt hatte und

dass die Männer gerade dabei waren, ihren Standort zu wechseln.

Vieles ist genau so, wie ich es mir gedacht hatte, stellte Marion für sich befriedigt fest.

»Ihr sucht eine Vogelspinne?«, fragte Oliver schließlich. »Etwa die da?« Oliver zeigte zum Karton, auf dem die Colaflasche stand, und berichtete, wie der alte Mann ihm die Spinne gezeigt hatte.

Blitzartig fuhr Marions Kopf herum in Richtung Karton.

Kambu hatte es da einfacher, er ließ einfach sein linkes Auge nach hinten schnellen. »Bimbala ist hier?«, fragte er erregt, während er mit dem rechten Auge noch auf Oliver blickte.

Oliver zuckte mit den Schultern. »Jedenfalls ist dort eine Vogelspinne drin.«

Kambu kletterte von Marion hinunter und lief zum Karton. Das heißt: was Chamäleons unter Laufen verstehen. Ungeduldig sah Marion ihrem Freund hinterher. *Herrje!,* dachte sie dabei. *Wie kann man nur so langsam sein!* Sie zerrte mit ihrem Fuß an der Kette. Natürlich vergeblich.

Es blieb ihr nichts übrig als zu warten, bis Kambu endlich den Karton erreicht hatte, der auf einer anderen Kiste stand. Geschickt kletterte er daran hoch und saß im Nu oben auf dem Karton neben der Colaflasche. So langsam Kambu auch zu Fuß war, so flink konnte der natürliche Baumbewohner klettern. Kambu scharrte auf dem Karton herum und legte sich dann flach darauf um mit seinen schwerhörigen Ohren irgendeine Reaktion aus dem Inneren des Kastens wahrnehmen zu können. Mit einem Auge sah er dabei zu Marion hinüber.

»Was ist?«, fragte sie mit einer schnellen Handbewegung.

Kambu rief zurück: »Sie ist es! Sie ist es!«

Marion sprang vor Freude auf. Die Kette zerrte an ihrem Fuß und schnitt sich ins Fleisch des Fußgelenks. Sie achtete nicht auf den Schmerz, sondern sah nur freudestrahlend auf Oliver und Tobias. Tobias wischte sich die Tränen aus den Augen, hob den Kopf und lächelte Marion an.

Oliver betrachtete nur staunend das Geschehen. *Wie kann man sich so über eine Vogelspinne freuen,* überlegte er. Dann fiel ihm ein, wie sehr er sich über ein Wiedersehen mit Tardo freuen würde, und begann Marion und dieses eigenartige Chamäleon zu verstehen. Er zwang sich ein mildes Lächeln ab. Marion zwinkerte ihm mit einem Auge zu. *Das ist das erste Mal, dass du mich anlächelst,* dachte sie kurz. Da rief Kambu wieder hinüber: »Ich weiß nicht, wie ich den Karton aufkriegen soll!«

Oliver zuckte zusammen. Die ganze Zeit über hatte er riesige Angst gehabt, dass der Deckel des Kartons nicht halten und die grässliche Vogelspinne herauskrabbeln könnte. Jetzt wollte dieses Chamäleon das Viech befreien. Oliver zeigte sein Unbehagen nicht, aber ihm war äußerst mulmig zu Mute bei dem Gedanken, dass der Befreiungsversuch gelingen könnte. Marion sah ihn an. Sie war zu sehr geschult im Lesen von Mimik und Gestik. Oliver konnte ihr nichts vormachen: Er hatte Angst vor der Spinne!

Marion stieß Tobias an und bedeutete ihm, dass er für Oliver übersetzen sollte. Langsam bewegte sie ihre Lippen, die Tobias konzentriert beobachtete, bevor er übersetzte: »Du brauchst dich nicht zu fürchten, sagt Marion. Die Spinne ist total nett.«

Oliver sah Marion empört an. »Ich fürchte mich nicht!«, behauptete er entschieden.

Marion machte eine knappe Handbewegung.

»Doch!«, übersetzte Tobias.

Oliver wollte etwas erwidern, aber ihm blieb die Antwort im Halse stecken. Marion hatte ihn durchschaut, aber sie machte sich nicht lustig über ihn. Sie hatte einfach nur festgestellt, dass sie seine Angst bemerkte. Aber sie akzeptierte ihn so. Im umgekehrten Fall hätte er sie ausgelacht. Oliver schämte sich.

Vor ihm saß Marion nun wild gestikulierend. Stumm gab sie Kambu einige Tips, wie er den Karton wohl öffnen könnte.

»Können Spinnen kleinere Stürze vertragen«, fragte Oliver.

Marion drehte sich zu ihm um. »Wieso?«, fragte ihr Gesichtsausdruck.

Kambu aber hatte verstanden. Er bejahte die Frage.

»Gut«, befand Oliver und rief zu Kambu hinüber: »Dann komm vom Karton runter, Kambu!«

Kambu zögerte. Marion ermutigte ihn, Olivers Anweisung zu folgen. Oliver griff neben sich nach einer der vielen leeren Kakaoflaschen, die von seinen kargen Frühstücksmahlen übrig geblieben waren. Er holte mit der Flasche in der Hand aus, zielte und schleuderte sie treffsicher gegen den Karton, in dem sich Bimbala befand. Die Flasche schlug gegen den Karton, die Colaflasche darauf stürzte um und zerschellte gleichzeitig mit der Kakaoflasche auf dem Betonfußboden. Der Karton krachte kopfüber hinunter, verlor den Deckel und blieb seitwärts auf dem Fußboden liegen. Oliver, Marion, Tobias und Kambu starrten auf den Karton. Dann sahen sie, wie Bimbala langsam herausgekrabbelt kam.

»Sie ist frei!«, jubelte Kambu.

»Super, Oliver!«, freute sich Tobias.

Marion wandte sich zu Oliver und schaute ihm mit einem leichten Lächeln auf den Lippen tief in die Augen. »Alle Achtung!«, sagte ihr Blick. »Du hast deine Angst überwunden und selbst die Vogelspinne befreit. Danke!«

Marion hatte die Lippen nicht bewegt und auch kein Handzeichen gemacht. Oliver hatte den Blick auch so vollständig verstanden. Verlegen schaute er zu Boden.

Tobias und Oliver war etwas unbehaglich zu Mute, als die fette, behaarte Vogelspinne direkt auf sie zugekrabbelt kam. Kambu sah es mit einem Auge. Er machte ein paar eigenartige Bewegungen hin zu Bimbala. Bimbala verstand. Sie blieb stehen, hob ihre beiden vorderen Beine und winkte den Kindern zu. Wäre sie ein Hund, hätte man gesagt, sie machte »Männchen«. So sah sie aus, diese winkende Vogelspinne!

Damit es daran keinen Zweifel gab, erläuterte Kambu zusätzlich: »Bimbala begrüßt euch. Sie lässt euch für die Befreiung danken. Ihr müsst wirklich keine Angst vor ihr haben!«

Alle drei Kinder staunten Bimbala an. Eine Vogelspinne, die »Männchen« macht, hatte wohl noch kein Mensch auf der Welt gesehen!

Oliver begann laut zu lachen: Eine Vogelspinne machte »Männchen« und ein sprechendes, lispelndes Chamäleon gab den Kommentar dazu ab. Das war einfach zu viel! Marion und Tobias lachten mit.

»Das ist ja eine fröhliche Gemeinschaft hier!«

Schlagartig verstummten die Kinder und sahen zur Tür, in der der alte Mann mit einem Tablett stand, auf dem drei Portionen Pommes frites und drei Currywürste gestapelt waren. Marion reagierte reflexartig. Zwei, drei schnelle Handbewegungen machten Kambu klar, dass er und Bimbala schleunigst zu verschwinden hatten. Hoffentlich hatte der Mann die Tiere noch nicht gesehen!

Auch Oliver dachte daran. Verstohlen schaute er zum umgestürzten Karton, in dem Bimbala gesessen hatte. Wenn der Alte dort bloß nicht hinschaute! *Ablenken heißt die Devise!,* schoss es ihm durch den Kopf. Sofort begann er munter draufloszureden. Das konnte er! Er war es aus der Schule gewohnt, sich schnell zum Chef einer Gruppe aufzuspielen. Er redete und redete, ließ niemand anders zu Wort kommen und bestimmte so nebenbei, was jeder Einzelne zu tun hatte. So machte er es auch jetzt. Kaum war der Alte näher gekommen, da prasselten Olivers Worte auf ihn nieder. Oliver quasselte übers Wetter, über die Pommes frites, stellte Marion und Tobias vor, erzählte von ihren Streichen in der Schule und erklärte den beiden anderen Kindern gleichzeitig, wer der alte Mann war.

Tobias sah entsetzt auf Oliver. Wie konnte man nur so viel reden und sich dabei so wichtig machen!

Marion aber durchschaute Olivers Plan. Sie hatte den gleichen Gedanken gehabt: *Der Mann musste abgelenkt werden!* Zum ersten Mal mochte Marion das eingebildete Gehabe Olivers.

Der Mann glotzte Oliver an und bemühte sich mehrfach etwas zu sagen. Oliver aber ließ ihn nicht zu Wort kommen. Im Gegenteil, mit seinem Redeschwall gab Oliver Marion genau die Information, auf die sie gewartet hatte.

Oliver sagte zu dem Mann: »Der kleine Tobias muss mal aufs Klo. Können Sie ihm nicht kurz die Kette aufschließen, bevor er in die Hose macht?«

Tobias wollte gerade protestieren, weil er gar nicht musste. Stumm brachte Marion ihn blitzschnell zum Schweigen.

Sie hatte es sofort begriffen. Olivers Information lautete: Dieser Mann hat einen Schlüssel für die Ketten! Marion war klar, dass sie jetzt handeln musste. Soweit es ihre Kette zuließ, wandte sie sich von dem Mann ab und suchte die Umgebung nach Kambu und Bimbala ab. Da! Kambu saß starr unter einer umgestülpten Zinkbadewanne und beobachtete das Geschehen mit beiden Augen. Während der Mann Tobias' Kette aufschloss, begann Marion mit Kambu zu sprechen, indem sie stumm ihre Lippen bewegte. Und die stumme Kommunikation klappte wie immer. Kambu verstand jedes Wort, der Mann hörte nichts, weil auch nichts gesagt wurde.

Marion signalisierte Kambu, dass es nun darum ging, an die Schlüssel für die Fesseln zu kommen. Und das hieß den Mann, der sie besaß, zu überwältigen.

Eine Aufgabe für Bimbala!, schlug Marion vor und erläuterte Kambu schnell und präzise ihren Plan.

Der Mann hatte Tobias den Weg zur Toilette erklärt. Unsicher ging Tobias quer durch die Halle bis zur Toilettentür. Der Mann hockte vor Oliver, ließ aber Tobias nicht aus den Augen. Oliver redete weiter auf den Mann ein. Marion beobachtete, wie Kambu Bimbala den Plan erklärte.

Kurz darauf machte Bimbala sich auf den Weg. Sie verschwand unter der Zinkbadewanne, krabbelte zwischen Kisten und Gerümpel hindurch und von hinten um den Mann und seine Gefangenen herum. Sie kam schließlich an Marions Rückseite an. Marion spürte Bimbala an ihrer Hand. Für einen kurzen Moment zuckte sie zusammen. Schließlich hatte sie noch nie zuvor eine Vogelspinne angefasst. Bimbala krabbelte ganz in Marions Hand hinein. Marion rief den Mann zu sich, indem sie laut stöhnte. Der Mann fuhr herum.

»Was ist denn?«, fragte er.

Oliver erklärte dem Alten, dass Marion stumm sei. Unsicher wechselte der Mann seinen Blick zwischen Marion und

Oliver. Er war noch nie einem stummen Menschen begegnet. Wie ging man mit ihnen um? Wie sollte man sie verstehen? Er rückte einen Meter weiter an Marion heran und sah sie verständnislos an. *Dicht genug!*, stellte Marion fest.

Der Mann drehte den Kopf zu Oliver und fragte: »Ja, was will sie denn?«

In diesem Moment sprang Marion dem Mann auf den Rücken, schlang ihren linken Arm um seine Kehle und hielt ihm mit ihrer rechten Hand Bimbala direkt vors Gesicht. Bimbala fuchtelte bedrohlich mit ihren Beinen vor seiner Nase herum. Der Mann schrie vor Entsetzen.

Oliver sprang auf. »Um Ihre Frage zu beantworten: Marion will den Schlüssel für unsere Ketten. Sie können ihn aber auch mir geben. Möglichst, bevor die Vogelspinne zubeißt!«

»Nimm sie weg! Nimm sie weg!«, kreischte der Mann. Mit vor Entsetzen weit aufgerissenen Augen starrte er auf Bimbala. Marion führte Bimbala noch ein Stückchen näher an den Mann heran. Jetzt konnte er schon Bimbalas Beine auf der Nase spüren.

»Den Schlüssel!«, forderte Oliver nun in scharfem Ton.

Mit zitternden Händen griff der Mann in seine Hosentasche, in Panik, ohne den Blick von Bimbala zu wenden, fingerte den Schlüssel heraus und warf ihn auf den Fußboden.

Schnell hob Oliver ihn auf, befreite sich von seiner Kette und legte sie dem Mann um die Füße. Nachdem der sicher gefesselt war, ließ Marion den Mann los, setzte Bimbala behutsam auf dem Boden ab und ließ sich von Oliver befreien.

Da kam Tobias von der Toilette zurück. »Ich musste doch

nicht«, sagte er und blieb wie angewurzelt stehen, als er sah, dass nicht mehr die Kinder, sondern jetzt der alte Mann gefesselt auf dem Fußboden saß.

Auch Kambu kam aus seinem Versteck gekrochen. »Das habt ihr toll gemacht!«, sagte Kambu. Erschreckt hüpfte der alte Mann auf seinem Hintern einen Meter weiter. Ein sprechendes Chamäleon!

»HILFE!«, schrie er von Angst geschüttelt.

Aufgeregt sprang Oliver auf den Mann zu. »Sei ruhig!«, forderte er. Der Mann schrie weiter um Hilfe.

Nervös sah Oliver sich um. Er überlegte verzweifelt, wie er den Alten zur Ruhe bringen konnte. Schließlich schnappte er sich zwei alte Pommes-Schachteln und stopfte sie dem Mann in den Mund.

»Mmmpf!«, machte der Mann mit den Pommes-Schachteln im Mund.

Unsicher wandte Oliver sich von dem Alten ab. Hatten die anderen Männer das Schreien gehört? Noch war die Gefahr nicht überstanden.

Getrennte Wege

»Da war doch was?« Der große, hagere Mann ließ seinen Hubwagen stehen und winkte seinen Kumpan heran, der ihm beim Kistenschleppen half. »Ich habe doch jemanden um Hilfe schreien hören«, behauptete der Hagere.

Doch sein Kumpan hatte nichts wahrgenommen.

Trotzdem gab der Hagere keine Ruhe. »Der Alte ist schon ziemlich lange dort oben bei den Kindern. Ich glaube, ich sehe mal nach dem Rechten.«

Der bärtige Mann setzte die Kiste ab, die er gerade getragen hatte, um dem Hageren zu folgen. Mit ein paar großen Schritten erreichten sie die vordere, leere Halle im Erdgeschoss. Dort verharrten sie einen Augenblick, lauschten nach neuerlichen Geräuschen, konnten aber nichts hören.

»Sag ich doch«, sagte der zweite Mann. »Da ist nichts.«

»Ich habe aber etwas gehört«, behauptete der Hagere. »Und wenn ich etwas gehört habe, dann ist da auch was.«

»Vielleicht draußen?«, vermutete der andere.

»Am LKW?«, rief der Hagere entsetzt. Sofort setzte er sich in Bewegung und rannte durch den Hausflur nach draußen zum Auto. Das Knallen seiner Absätze auf dem harten Betonboden hallte dumpf durch das Gebäude.

»Da kommen welche!«, rief Oliver aufgeregt im ersten Stock. »Ich habe deutlich Schritte gehört!«

Ängstlich sahen sich die Kinder an. Sollte ihre Befreiung

ein so schnelles Ende finden? Sie trauten sich nicht die Treppe hinunter ins Freie. Schließlich wollten sie ja den Männern nicht direkt in die Arme laufen. Bleiben konnten sie aber auch nicht. In der ersten Etage saßen sie in der Falle. Es gab nur diesen Weg nach draußen. Was sollten sie tun?

Ratlos standen die Kinder an der oberen Tür, lauschten auf weitere Schritte. Im Moment war es ruhig. Kamen die Männer doch nicht? Wie viel Zeit hatten sie noch? Sie mussten weg. Aber wie?

Tobias stiegen schon wieder die Tränen in die Augen. »Ich will nach Hause!«, jammerte er.

Oliver sah Tobias böse an. »Das wollen wir alle!«, fauchte er ihn an. »Wenn du eine Idee hast, dann sag es.«

Tobias zuckte nur traurig mit den Schultern.

Es muss eine Lösung geben! Marion sah sich verzweifelt um. Sie machte ein paar schnelle Handbewegungen. Tobias hatte nicht hingeschaut. Oliver verstand sie nicht. Nervös gab Marion Kambu auf ihrer Schulter einen Stups.

Sofort begann er zu übersetzen: »Marion will wissen, ob in allen Kisten hier oben Tiere sind.«

Oliver erzählte von seinen Beobachtungen und das, was ihm der alte Mann anvertraut hatte. Auch hier im ersten Stockwerk befanden sich in vielen Kisten Handtaschen und Schuhe aus Krokodil- und Schlangenleder. Ebenso gab es Schachspiele, Aschenbecher, Brieföffner, Pillendosen und vieles mehr aus Elfenbein, also aus den Stoßzähnen von Elefanten. Darüber hinaus gab es auch Lampen aus Schildkrötenpanzern, Bettvorleger aus Löwenhäuten und Sitzhocker aus Elefantenfüßen.

Kambu hörte traurig zu. Er konnte nicht fassen, was Menschen alles mit Tieren anstellten. Tiere wurden abgeschlachtet nur um sich daraus eine Lampe oder einen Aschenbecher zu machen. Manche Tiere waren sogar vom Aussterben bedroht. Aber das hinderte die Menschen nicht daran, sie weiter zu töten um sie als alberne Schmuckstücke zu verkaufen.

Marion spürte eine ungeheure Wut im Bauch, als sie Olivers Bericht hörte. Sie wusste, alles, was hier kistenweise gelagert wurde, durfte weder nach Deutschland gebracht, geschweige denn verkauft werden. Sie hatte in ihrem Afrikabuch auch etwas über das Artenschutzabkommen gelesen. Aber wie sollten sie nun heil hier wegkommen und die Polizei benachrichtigen? Oliver durchbrach ihren Gedankengang. »Da drinnen aber«, er zeigte auf eine Reihe großer Kisten auf der linken Seite der Halle, »sind nur lebende Tiere. Schlangen, Echsen, sogar einige Krokodile und Affen. Das hat jedenfalls der alte Mann erzählt.«

Marion schaute auf die Kisten, betrachtete den alten Mann, der noch immer gefesselt und geknebelt auf dem Fußboden saß und aufgeregt schnaufte.

Marion schnippte energisch mit den Fingern. Eine Handbewegung, die Kambu nicht zu übersetzen brauchte. Alle verstanden: Marion hatte eine Idee!

Der hagere Mann kam durch den Hausflur zurück. »Draußen ist nichts«, sagte er und blickte zweifelnd nach oben. »Ist der Alte zurückgekommen?«

Der zweite Mann verneinte.

»Na, dann schauen wir doch mal nach!«, schlug der Hagere vor. Entschlossen ging er zurück zu seinem LKW und holte dort sein Betäubungsgewehr. Mit einem metallischen Klicken lud er es durch. Dann ging er zur Treppe zum ersten Stock. Der zweite Mann folgte ihm.

Oliver atmete tief durch. Ihm war klar, welches Risiko Marions Plan bedeutete. Sie hatten zwar Kambu, der mit den Tieren in den Kisten reden konnte, dennoch: Wenn sie sich nicht überzeugen ließen ihnen zu helfen, konnte es für die Kinder arg gefährlich werden – Krokodile, Schlangen und sonstige exotische Tiere ...

Auch Kambu war mulmig zu Mute. Er hatte noch gut in Erinnerung, wie die Möwen auf seine Bitte um Hilfe reagiert hatten. Allerdings handelte es sich hier um Tiere aus seiner Heimat. Sie würden vielleicht Verständnis dafür haben, dass er und Bimbala zurück nach Afrika wollten. Kambu ging entschlossen auf die erste Kiste zu, in der sich nach Olivers Aussage ein Krokodil befand. Beschwörend sprach er auf die Kiste ein. Aus der Kiste aber kam keine Antwort.

Marion wurde es zu viel. *Wir müssen es wagen!*, dachte sie. Mit einigen energischen Schritten ging sie auf die Kiste zu und sah sich schnell nach etwas um, womit sie die Kiste öffnen konnte. Glücklicherweise lag in der unaufgeräumten Fabriketage genügend herum. Marion griff sich eine Metallstange und knackte die Kiste auf. Sie blickte hinein und sah das Krokodil. Es rührte sich nicht.

Wie im Zoo, schoss es Marion durch den Kopf. *Aber jetzt muss es sein! Das Krokodil muss herauskommen und uns helfen!*

Sie atmete noch einmal kräftig durch, nahm ihren ganzen Mut zusammen und stieß das Krokodil vorsichtig mit der Metallstange an. Nichts!

Kambu ahnte Schlimmes. So schnell er konnte, kletterte er an Marion hoch und schaute in die Kiste.

»Das Krokodil ist tot!«, schrie er. »Es hat den Transport nicht überstanden!«

Wieder waren Schritte auf der Treppe zu hören. Sie wurden lauter.

»Sie kommen!«, rief Oliver. »Das darf doch nicht wahr sein, dass die Tiere tot sind! Ich habe sie doch immer gehört!« Mit dem Mut der Verzweiflung griff auch er sich eine herumliegende Metallstange und machte sich an der nächsten Kiste zu schaffen. Kaum hatte er sie geöffnet, als eine riesige Schlange aus der Kiste hervorschoss und nach Oliver schnappte. Erschrocken stürzte Oliver zurück. Haarscharf ging der Biss der Schlange an seinem Kopf vorbei.

Entsetzt schrie Kambu zur Schlange hinüber, was sich in der Schlangensprache als ein lautes, fauchendes Zischen ausnahm.

Die Schlange hielt inne, hörte Kambu zu und erfuhr von Marions Plan und dem toten Krokodil. Das genügte: Auch die Schlange sah ein, dass sie nichts mehr zu verlieren hatte. Auch zwei ihrer Geschwister waren auf dem langen Weg in der Holzkiste schon gestorben. Sie war bereit zu helfen, ebenso eine andere Schlange, die schon aus der Kiste kroch.

Von diesem Moment an ging alles blitzschnell. Während Oliver, Tobias und Marion die Kisten öffneten, lag Kambu in der Mitte des Raumes und bemühte sich so rasch wie irgend möglich in verschiedenen Tiersprachen die Lage zu erklären. Die Schlangen übernahmen diesen Teil für ihresgleichen. Durch lautes Zischen informierten sie ihre noch lebenden Artgenossen. Ein befreiter Affe reihte sich ein, fand aber niemanden mehr aus seiner Tierfamilie. In Windeseile hatten die Kinder vier oder fünf Kisten geöffnet, in denen sich zum Teil noch lebende Tiere befanden.

»Das müsste reichen!«, befand Oliver. Schnell sprang er auf den alten Mann zu, der noch immer gefesselt am Boden lag. Er pulte ihm die Pommes-Schälchen aus dem Mund. Sofort begann der Alte in heller Panik grell durch die Halle zu schreien. Seine weit aufgerissenen Augen verfolgten in grenzenloser Angst jede Bewegung der Vogelspinne, die langsam an seinen gefesselten Beinen hochkrabbelte.

Oliver verzog sich schnell in ein Versteck. Jetzt musste sich erweisen, ob Marions Plan funktionierte.

Der Hagere fuhr herum, als er die Schreie des Alten hörte. »Hab ich doch gesagt! Da ist etwas los!«, brüllte er dem nachkommenden, zweiten Mann zu und eilte in wilder Entschlossenheit die letzten Stufen hinauf. Der zweite Mann rannte hinterher. Der Hagere stürzte mit dem Gewehr im Anschlag durch die Eingangstür im ersten Stock. Nach zwei Schritten blieb er wie angewurzelt stehen. Hinter ihm prallte der zweite Mann gegen seinen Rücken. Vor ihm aber stand ein Krokodil mit weit aufgerissenem Maul.

»Ein Krokodil ist frei!«, schrie er.

Das von dem langen Transport geschwächte Krokodil nahm seine ganze verbleibende Kraft zusammen und raste auf ihn zu. Der Hagere riss das Gewehr hoch und zielte, als ihm etwas Schweres gegen den Nacken schlug, das sich irgendwie wie Leder anfühlte. Er knickte zusammen und schlug auf den Betonboden.

»Eine Schlange!«, schrie der zweite Mann. Er sah, wie sich

der Hagere auf dem Boden wälzte. Um dessen Hals hatte sich eine Boa Constrictor gelegt. Sie begann unbarmherzig zuzudrücken. Von vorne kam ein Krokodil mit weit aufgerissenem Maul auf ihn zugerannt. Panisch wandte sich der Mann im Kreis. Hinter sich sah er ein Mädchen, das wild mit den Händen gestikulierte. Sie hatte ein Chamäleon auf dem Kopf, das kichernd »Attacke! Zeig's ihnen!« rief und dann wieder eigenartige Geräusche machte.

»Hilfe!«, schrie der Mann. Er war vor Entsetzen wie gelähmt. Eine zaghafte Drehung gelang ihm noch. Der Schrecken nahm auch in dieser Richtung kein Ende. Der Junge, den sie seit einigen Tagen gefangen hielten, kam auf ihn zu. Er wirbelte eine Schlange wie ein Lasso um sich. Er ließ das Lasso – die Schlange – los. Die Schlange flog auf den Mann zu! Sie traf ihn am Kopf. Die Wucht des Aufpralls riss ihn beinahe von den Füßen. Die Schlange wickelte sich schnell und geschmeidig um seinen Hals. *Das ist eine Giftschlange,* schoss es ihm durch den Kopf.

Ein anderer Junge stand zwischen den Kisten. Er war eifrig am Werk, sie mit einer Metallstange zu öffnen. Immer mehr Tiere flohen aus ihren hölzernen Gefängnissen.

Ein Papagei heulte wie ein D-Zug und setzte zu einem gefährlichen Sturzflug an. Schützend hielt der Mann die Hände vor den Kopf. Der Papagei fand dennoch genügend Platz, ihm in den Kopf zu hacken. Der Mann schrie vor Schmerz laut auf.

Er sah noch den gefesselten alten Mann, der hysterisch kreischte, weil ihm eine Vogelspinne über die Schulter krabbelte. Der Mann nahm auch noch ein weiteres Krokodil wahr, auf dem ein lachender Schimpanse saß. Es kam ihm jedenfalls so vor, als ob der Affe lachte. Dann wurde ihm schwarz vor Augen. Ohnmächtig fiel er zu Boden.

Oliver handelte schnell. In Windeseile wickelte er den beiden am Boden liegenden Männern die Ketten um Hände und Füße und ließ die Schlösser zuschnappen.

»Das war's!«, atmete er erleichtert auf. »Sieg auf der ganzen Linie!«

Zufrieden lächelte er zu Marion hinüber, die Kambu behutsam auf dem Fußboden absetzte. Kambu war vollauf damit beschäftigt, den Tieren in ihren Sprachen mitzuteilen, dass der Kampf beendet war. Allmählich kehrte wieder Ruhe in der Fabrikhalle ein. Marion betrachtete beeindruckt das verrückte Bild, das sich ihr bot: Zwei Krokodile verkrochen sich in die hinterste Ecke, weil sie von Kambu wussten, dass sie auf die Kinder bedrohlich wirkten. Der Schimpanse zeigte sich weniger einsichtig. Übermütig schlug er Purzelbäume quer durch die Halle. Bimbala erlöste den alten Mann von seiner Qual, krabbelte von ihm herunter und lief zu Kambu. Die beiden Schlangen schlängelten sich zu den Heizungen und machten es sich darauf gemütlich. Der Papagei landete auf den aufgebrochenen Holzkisten und führte sein gesamtes Geräusch-Repertoire vor: Das Heulen eines D-Zuges hallte durch den Raum, gefolgt von dem Schnarren einer Tür, dem Klopfen eines Hammers, dem Gurgeln einer Kaffeemaschine, dem Tuten eines Schiffes und dem Starten eines LKW-Motors. Die Kinder hielten sich die Ohren zu. Kambu ermahnte den Papagei zur Ruhe. »Teufel auch!«, rief er noch einmal, dann verstummte er.

Niemand wusste, wie es nun weitergehen sollte. Etliche Kisten waren noch geschlossen. Aber die Kinder hatten genug davon, in jeder Kiste neben den verwahrlosten lebenden Tieren auch noch auf Tierkadaver zu blicken.

»Jetzt rufen wir die Polizei!«, schlug Tobias vor. »Und dann nichts wie weg hier und ab nach Hause!«

Der Meinung war auch Oliver.

Aber Marion winkte ab. Energisch redete sie mit Händen und Lippen. Tobias sah ihr aufmerksam zu und freute sich, dass er das Meiste verstanden hatte.

»Da hast du Recht«, gab er schließlich zu. Oliver sah ihn fragend an. Tobias übersetzte ihm Marions Einwand: »Wir hatten zwei Ziele, sagt Marion. Erstens: Wir wollten dich finden, Oliver. Das ist uns gelungen. Zweitens: Wir wollten Bimbala befreien und dafür sorgen, dass sie zurück nach Afrika in ihre Heimat reisen kann. Und das steht uns noch bevor.«

Oliver zeigte sich sofort einsichtig. »Ohne Bimbala hätten wir uns nicht befreien können«, stellte er fest. »Also werden wir jetzt Bimbala helfen!«

Marion lächelte ihn zufrieden an. Sofort aber zeigte sie wieder eine ernsthafte Miene. Wenn sie Bimbala nach Hause schickten, dann hieß es, dass auch Kambu mitfahren würde. Der Zeitpunkt war gekommen, sich von ihrem treuen Freund zu verabschieden. Traurig schaute sie das Chamäleon an.

Kambu verstand sofort, was seine Freundin bedrückte. Er kletterte an ihr hinauf bis zur Schulter, schmiegte sich an ihre Wange, sah mit einem Auge zu den beiden Jungen, die sie beobachteten, und sagte schließlich: »Auch mir fällt es schwer, mich zu verabschieden.«

Marion schluckte einen Kloß im Hals hinunter.

»Aber ich bin ein Chamäleon und möchte auch wie ein Chamäleon leben, und nicht wie ein Haustier wie bei euch die Hunde und auch nicht wie ein Ausstellungsstück in eurem Zoo. Ich möchte ein Chamäleon unter anderen Chamäleons sein, zu Hause. Auch wenn die anderen mich manchmal ärgern, weil ich ein wenig anders bin.«

Marion nickte. Sie verstand ihren Freund ja so gut. Sie hatte den gleichen Wunsch: Sie wollte weder bestaunt noch bemitleidet werden, sondern als Kind unter so genannten normalen Kindern leben – auch wenn sie ein wenig anders war und oft gehänselt wurde. Trotzdem fiel es ihr schwer, sich von Kambu zu trennen.

Ein leises Fiepen riss die Gruppe aus ihren Gedanken. Es folgte das kurze Krachen splitternden Holzes und plötzlich kam hinter einer der Kisten ein kleiner Fuchs herangehoppelt.

»Tardo!«, rief Oliver begeistert, lief auf den Fuchs zu und hob ihn auf den Arm. Der Fuchs ließ es sich ohne Gegenwehr gefallen. Oliver schmuste Wange an Wange mit dem Fuchs.

»Das ist Tardo, mein Fuchs!«, rief Oliver den anderen zu ohne aufzuschauen.

Tobias unterbrach ihn: »Wissen wir schon. Du wirst es nicht glauben, aber das hat uns ein Bernhardiner erzählt.«

Nach dem, was Oliver in den vergangenen Stunden erlebt hatte, glaubte er es sofort. Mit einem Mal hielt er inne, hob den Kopf und sah zu Marion und Kambu hinüber. Während er Tardo weiter streichelte, schritt er bedächtig auf Marion und ihr Chamäleon zu.

»Du hast Recht, Kambu«, sagte er schließlich, wobei seine

Stimme etwas heiser klang. »Auch Tardo soll dort leben, wo er hingehört: als Fuchs unter Füchsen. Frag ihn, wo sein Zuhause ist, und ich werde ihn dorthin bringen.«

Während Kambu sich mit Tardo unterhielt und erfuhr, dass er einer der letzten Fuchsfamilien im Wald vor der Stadt angehörte, schaute sich Tobias in der Fabrikhalle um: das Krokodil, der Schimpanse, die Schlangen, der Papagei und die zahllosen geschlossenen Kisten, in denen sich noch so manches Elend verbarg. Was sollte aus ihnen allen werden?

Wir können es unmöglich schaffen, alle Tiere nach Afrika zurückzubringen, war auch Marions Meinung. Sie fragte Kambu.

Kambu besprach das Problem mit den sechs Tieren, die frei waren. Fasziniert sahen die Kinder zu. Sie erinnerten sich an verschiedene Geschichten und Zeichentrickfilme, in denen Tiere eine Konferenz abhielten. Aber das hier war Wirklichkeit. Mit heftigen Körperbewegungen, bei denen sich einige Echsen leicht verfärbten, mit Zirpen, Zischen und Züngeln, Kreischen, Grunzen und Scharren kommunizierten Affen, Krokodile, Schlangen, Löwen und die anderen Tiere miteinander. Der arme Kambu musste nicht nur die Konferenz der Tiere leiten, sondern auch noch vieles zwischen den einzelnen Tierarten übersetzen.

Das faszinierende Schauspiel war von überraschend kurzer Dauer. Schon nach knapp zehn Minuten konnte Kambu den Kindern das Ergebnis mitteilen.

Mit ernster, ruhiger Stimme berichtete er: »Die Giftschlange sagt, sie sei in ihrer Heimat eine der letzten ihrer Art. Vielleicht hätte sie im Zoo eine bessere Überlebenschance. Es ist traurig, aber wahr: Manche Tierarten haben die

Menschen schon so weit ausgerottet, dass der Zoo die letzte Oase ist, wo ihre Art überhaupt noch überleben kann. Der Papagei will auf eigene Faust versuchen zurückzufliegen. Er hat mal gehört, dass es ein entfernter Verwandter von ihm schon einmal geschafft haben soll. Die Krokodile sind bereit sich in ihr Schicksal zu fügen. Sie sind einfach zu groß um sich unbemerkt nach Afrika zu schmuggeln. Um es kurz zu machen: Ihr könnt die Polizei rufen. Sie wird die Tiere einsammeln und in den Zoo bringen. Und diese Ganoven hoffentlich festnehmen.«

Mit traurigen Gefühlen verabschiedeten sich die Kinder – mit Hilfe von Kambus Übersetzungen – von den Tieren und verschwanden zum Hafen um dort Kambu und Bimbala in einen der Lastwagen zu schmuggeln, die nach Afrika exportiert wurden. Auf dem Weg rief Oliver die Polizei an, informierte sie über die Tiere und die Tierhändler und dass er – der als vermisst Gemeldete – auf dem Weg nach Hause sei.

Während ihr die Tränen über die Wangen liefen, sagte Marion Kambu und Bimbala Lebewohl, versteckte sie unbemerkt in einem Lastwagen und sah dem davonfahrenden Schiff noch lange, lange nach.

Ebenso wie Tobias fuhr Oliver nach Hause – mit Tardo auf dem Arm, den er einen Tag später gemeinsam mit seinem Vater in den Wald zurückbrachte.

Die Begegnung mit Kambu, Bimbala und den anderen Tieren aber bewahrten die drei Kinder als ihr Geheimnis. Wer hätte ihnen auch schon geglaubt, dass sie einem sprechenden, sich nicht verfärbenden, lispelnden, Pflanzen fressenden Chamäleon begegnet waren, gemeinsam mit ihm eine Vogelspinne befreit und in Zusammenarbeit mit Affen,

Krokodilen, Schlangen und Löwen einen Kampf gegen illegale Tierhändler gewonnen hatten?

Noch Wochen später aber fragten sich manche in der Schule, wie aus dem arroganten, frechen Rüpel Oliver plötzlich so ein sympathischer Junge geworden war, der aufs Engste mit der stummen Marion und dem kleinen Tobias befreundet war. Neben dem Erstaunen aber wurden die drei auch bewundert, weil sie untereinander eine eigene Sprache hatten. Ohne ein einziges Wort zu sprechen konnten sie sich nur mit Hilfe von Gestik und Mimik über alle Dinge der Welt unterhalten. Insbesondere bei Klassenarbeiten wurden die drei beneidet, weil sich Marion, Tobias und Oliver fröhlich und stumm gegenseitig die Lösungen vorsagten, ohne dass die Lehrer hinter ihrer Zeitung davon irgendetwas mitbekamen.

Natürlich wollten auch alle anderen Schüler endlich diese wunderbar nützliche Gebärdensprache lernen. Einmal in der Woche hatte Marion mittlerweile für eine Stunde am Nach-

mittag einen »Sprachkurs« eingerichtet und es gab schon eine Warteliste der Bewerber. Hin und wieder musste Marion an die Geschichte von dem dreibeinigen Löwen denken, der durch seine vermeintliche Behinderung zum Helden seiner Gruppe geworden war. Marion war zum »dreibeinigen Löwen« in ihrer Schulklasse geworden. Und wenn sie an diese Geschichte dachte, musste sie natürlich auch an Kambu denken.

Es war heiß. Entsetzlich heiß. Kambu mochte es, wenn es heiß war. Auch 45 Grad im Schatten machten ihm nichts aus. Denn er saß gemütlich auf dem Ast eines schattigen Baumes. Und das war allemal besser als in dem fernen Deutschland, in dem die Regenzeit die heißeste Jahreszeit war. Als er daran dachte, machte es ihm plötzlich überhaupt keine Mühe, durch die sengende Hitze zur Bananenplantage zu laufen um ausgiebig zu fressen.

Die Zeit war günstig. Denn es war das, was die Menschen

Mittagszeit nannten. Zu dieser Zeit machten die Arbeiter auf der Plantage Pause und Kambu konnte in aller Ruhe fressen ohne Angst vor einer Machete haben zu müssen.

Es war doch gut, einiges über die Menschen gelernt zu haben. Dabei musste er natürlich auch an Marion denken. Die stumme und mutige Marion, die so gern dort lebte, wo es so entsetzlich kalt war.